Paramaribo
Französisch-
Guyana
Brasilien
Macapa
Araguaina
Oriximina
Monte Alegre
Belem
Santarem
Parintins
Altamira
Urura
Tucurui
Maraba
Parauapebas

KJB

Bevor Andreas Schlüter, geboren 1958, mit dem Schreiben von Kinder- und Jugendbüchern begann, leitete er Kinder- und Jugendgruppen und arbeitete als Journalist und Redakteur. 1994 feierte er mit dem Kinderroman »Level 4 – Die Stadt der Kinder« einen fulminanten Erfolg und ist seitdem als Autor tätig. Andreas Schlüter verfasst zudem Drehbücher, unter anderem für den »Tatort«. Schon als Junge liebte er Abenteuerromane, in denen man die wildesten Sachen erleben kann, ohne nasse Füße oder Kratzer zu bekommen.

Stefani Kampmann, geboren 1971, zeichnete schon als Kind gerne und überall. Während ihres Studiums der Innenarchitektur nahm sie zahlreiche Aufträge als Illustratorin an und verfolgte diesen Weg danach weiter. Sie bebilderte viele Kinder- und Jugendbücher und veröffentlichte zwei Graphic Novels. Außerdem gibt sie Comic-Workshops für Jugendliche. In ferne Länder ist sie schon einige Male gereist, zum Glück musste sie dort aber (fast) nie ums Überleben kämpfen.

Weitere Informationen zum Kinder- und Jugendbuchprogramm der S. Fischer Verlage finden sich auf *www.fischerverlage.de*

Andreas Schlüter

SURVIVAL

VERLOREN AM AMAZONAS

Band 1

Mit Vignetten von
Stefani Kampmann

KJB

Alle Bände der ›Survival‹-Serie bei FISCHER KJB:

Band 1: Survival – Verloren am Amazonas
Band 2: Survival – Der Schatten des Jaguars
Band 3: Survival – Im Auge des Alligators (ab Herbst 2018)

MIX
Papier aus verantwortungsvollen Quellen
FSC® C083411
FSC www.fsc.org

Erschienen bei FISCHER KJB

Umschlaggestaltung: Agentur Seidel Verlagsgrafik
Satz: Dörlemann Satz, Lemförde
Druck und Bindung: CPI books GmbH, Leck
Printed in Germany
ISBN 978-3-7373-4073-1

Böses Erwachen

Mike hörte das Rauschen von Blättern und Vogelgezwitscher. Sonderbar. Sein Zimmer lag doch nach vorn, zum Parkplatz. Deshalb war er noch nie von Vogelstimmen geweckt worden, schon gar nicht von solchen, die ihm gänzlich neu erschienen. Ein ihm vollkommen unbekannter Singsang, immer wieder unterbrochen von einem ohrenbetäubenden Krächzen, als wäre jemandem der Papagei entflogen. Dazu seltsame Schreie, die bestimmt nicht von Vögeln stammten. Wer stieß solche Schreie aus?

Mike wachte durch diese Geräusche auf, doch seine Augen blieben zunächst in seinem dämmernden Halbschlaf geschlossen. Sein linker Arm schmerzte; auf dem rechten, der sich verdreht hatte, schien er zu liegen.

Von der Seite ertönte ein wimmerndes Stöhnen. Sofort dachte Mike an seine ein Jahr jüngere Schwester Elly. Bruchstückhaft erinnerte er sich, dass sie zusammen in einem Flugzeug gesessen hatten; an die schwüle Hitze und dass ihm sein Shirt am Rücken geklebt hatte wie ein nasses Handtuch.

Er lag gar nicht in seinem Zimmer in Deutschland, er war in Brasilien!

Aber wo dort?

Mike öffnete nun seine Augen. Sein Blick verlor sich in Baumkronen, unendlich hoch und so dicht, dass sie kaum einen Sonnenstrahl durchließen: ein geschlossenes, grünes Dach. Brandgeruch vermischte sich mit dem penetranten Gestank von Benzin oder etwas Ähnlichem.

Mike hob den Kopf. Um ihn herum nichts als dichtes, undurchdringliches Gestrüpp. Niemand sonst zu sehen.

»Elly?«, rief Mike zaghaft. Und ein zweites Mal, deutlich lauter. »ELLY?«

»Mike?«, kam es leise zurück.

Der stechende Schmerz im linken Arm hinderte Mike daran, aufzuspringen. Er hielt kurz inne, tastete behutsam seinen verletzten Arm ab und stellte fest, dass seine rechte Hand blutverschmiert war. Unwillkürlich zuckte er zurück und atmete einmal tief durch, bevor er sich traute, die Hand näher zu betrachten. Schnell erkannte er, dass sie heil war, das Blut stammte von woanders. Notdürftig wischte er es an dem Gestrüpp ab, auf dem er lag. Dann entdeckte er, woher es kam: Sein rechtes Bein wies erhebliche Schürfwunden auf. Aus einer tropfte Blut.

»Mike?« Der erneute Ruf seiner Schwester. »Wo bist du?«

»Hier!«, rief er. »Ganz in deiner Nähe!«

Auch seine Schwester schien Schmerzen zu haben. »Bist du verletzt?«

»Weiß nicht«, kam von ihr zurück. »Mein Fuß tut weh!«

Hoffentlich nicht gebrochen!, dachte Mike.

»Weißt du, wo wir sind?«, fragte er ins Dickicht hinüber.

»Nein!«, kam zurück. »Wir sind irgendwo mitten im tropischen Regenwald abgestürzt.«

Abgestürzt? Richtig. Allmählich kehrten auch Mikes Erinnerungen zurück.

24 Stunden zuvor

Erst fünf Tage war es her, dass er gemeinsam mit seiner Schwester Elly am *Aeroporto Internacional de Manaus – Eduardo Gomes* gelandet und von seinem Vater abgeholt worden war.

Zum großen Glück für Mike und Elly hatten sie gleich am ersten Tag Bekanntschaft mit zwei netten Nachbarjungs gemacht: Matheus, der schon vierzehn war und damit ein Jahr älter als Mike, und dessen jüngeren Bruder Gabriel, der mit seinen elf Jahren sogar noch ein Jahr jünger war als Elly. Als Mike und Elly mit ihrem Vater ankamen, standen die beiden Jungs schon zur Begrüßung im Garten bereit: Matheus mit einem Ara-Papagei auf der Schulter, wie ein alter Piratenkapitän, und der kleine Gabriel mit einem seltsamen Affen auf dem Arm.

»Das ist kein Affe, sondern ein Faultier«, erklärte Gabriel.

Elly war sofort hin und weg.

»Darf ich mal?«, fragte sie und lief auf Gabriel zu.

»Klar!« Gabriel setzte ihr das Faultier auf den Arm, und Elly begann sofort, es zu streicheln. »Er ist es gewohnt. Matheus und ich stellen uns manchmal auf den Markt für die Touristen. Die bezahlen dann dafür, dass sie ihn mal streicheln dürfen.«

»Süüüß«, säuselte Elly.

Mike fand das Faultier ziemlich hässlich, aber das behielt er für sich. Lieber fragte er, wieso Matheus und Gabriel so gut Deutsch sprachen.

»Unsere Eltern sind Deutsche«, erläuterte Matheus, wobei der Ara sofort dazwischenquatschte: »Sind Deutsche! Grüß Gott!«

Mike und Elly lachten lauthals los, bevor Matheus fortsetzen konnte: »Sie arbeiten schon seit zwanzig Jahren hier in Brasilien. Deshalb sind wir hier geboren.«

»Und wir bleiben auch hier«, stellte Gabriel klar. »Auch, wenn wir fließend Deutsch sprechen können.«

»Deutsche bleiben!«, kommentierte der Ara. »Zico bleibt hier!«

»Zico heißt du also«, schlussfolgerte Mike. Aber er traute sich nicht, den Ara anzufassen.

»Arbeiten eure Eltern auch auf dem Bau, wie unser Papa?«, fragte Elly.

Sie konnte sich nun kaum noch gegen das Faultier

wehren, das ihr ständig an den rötlichen Haaren zog. Gabriel nahm ihn ihr wieder ab.

»Unsere Mutter ist Ingenieurin, aber unser Papa ist Arzt«, antwortete Matheus. »Das will ich auch mal werden.«

»Okay«, sagte Mike, aber vielmehr interessierte ihn: »Zeigt ihr uns den Regenwald? Der beginnt doch gleich hier über die Straße, oder?«

»Ja!« Matheus' Augen bekamen sofort einen strahlenden Glanz. »Aber wir dürfen nicht tief hinein. Nur an den Rand. Wenige falsche Schritte genügen, und man findet womöglich nie wieder hinaus.«

Gabriel nickte heftig. »Es gibt ziemlich gruselige Geschichten von Leuten, die sich im Regenwald verirrt haben.«

»Wow!« Das war so richtig nach Mikes Geschmack. Darin stimmte er mit seiner Schwester überein. Elly war zwar jünger, kleiner und auch zierlicher als ihr Bruder, aber in Grusel- und Horrorgeschichten machte ihr niemand etwas vor.

»Schade«, kommentierte sie deshalb. »Wirklich nicht tiefer rein? Auch nicht mit Erwachsenen zusammen?«

Die drei Erwachsenen, die mit den Kindern noch immer vor dem Haus im Vorgarten standen, lächelten und grinsten sich an.

»Na gut«, sagte Mikes und Ellys Vater. »Es sollte

zwar eine Überraschung sein, aber dann verraten wir es.«

Die vier Kinder rissen vor Neugier Augen und Ohren auf.

»Luiz wird euch den Regenwald zeigen. Er ist der Pilot von unserer Baustelle. Schon seit fünfundzwanzig Jahren macht er Rundflüge. Und übermorgen exklusiv für euch!«

Die Kinder brachen in lauten Jubel aus. Und auch Zico mischte sich mit einem lauten »Hurra!« ein.

Für Mike war klar: Wenn er den Regenwald betrat – egal, ob zu Fuß, per Flugzeug oder sogar per Boot – dann brauchte er eine entsprechende Ausrüstung. Seine Schwester schaute ihn befremdet an. »Was für eine Ausrüstung? Wofür? Bei einem Rundflug!« Doch Mike ließ sich auf keine Debatte ein.

Kaum waren sie wieder zu Hause, zeigte er seiner Schwester nur lässig sein Survival-Buch und erläuterte: »Da steht alles drin, was man zum Überleben braucht. Alles, versteht du?«

Aber Elly verstand – nichts.

»Zum Überleben?«, fragte sie, wobei sie sich an die Stirn tippte. »Das Einzige, was man bei einem zweistündigen Rundflug zum Überleben braucht, ist ’ne Tafel Schokolade.«

Das war typisch Elly. Sie war eine riesige Naschkatze. Auch nur zwei Stunden unterwegs zu sein, ohne zwischendurch etwas Süßes zu sich zu nehmen, konnte sie sich nicht vorstellen. Insofern hatte sie mit ihrem Spruch gar nicht mal so unrecht. Niemand, der sie mit ihrer zierlichen Figur sah, konnte ahnen, wie viel Schokolade, Kuchen, Puddings, Lakritz und Bonbons Elly verdrücken konnte – wenn man sie ließ, was ihre Eltern meistens nicht taten.

Aber das war ja sowieso nicht das, was Mike mit Überleben gemeint hatte. Er zeigte seiner Schwester eine Seite in dem Buch, in dem der Inhalt eines Überlebensgürtels beschrieben stand.

Elly hatte wieder nur verständnislos den Kopf geschüttelt. Nicht nur, weil von Süßigkeiten in dem Überlebensgürtel überhaupt keine Rede war.

»So etwas willst du dir holen?«, fragte sie verständnislos.

Mike grinste sie an. »Nein. So etwas hab ich schon. Von zu Hause mitgebracht. Ein paar Sachen fehlen noch. Mal sehen, ob ich sie bis zu unserem Flug besorgen kann. Denn es ist ja ein Privatflug, das heißt, wir haben keine Sicherheitskontrolle. Deswegen könnte ich alles mit an Bord nehmen!«

Am folgenden Tag musste Elly kichern, als Mike in voller Montur fertig zur Abfahrt vor der Haustür stand. Er trug ein Wanderhemd in militärischen Tarnfarben mit zwei mehrfach unterteilten Brusttaschen. Dazu eine olivgrüne lange Hose, die neben den

ÜBERLEBENSGÜRTEL

- Plastiktüte
- Bauplane
- Survival-Buch
- Kompass
- Eine Rolle Angelschnur
- 2 Angelhaken
- Eine Rolle Nylonband
- Reisepäckchen Nähzeug
- Sicherheitsnadeln
- 1 Bleistift, 1 kleiner Notizblock
- Kleine Kerze
- Feuerzeug
- Taschenmesser (Schweizer Messer)
- Fahrtenmesser
- 1 Tube Sekundenkleber (für Reparaturen, z. B. der Schuhe)
- 1 Packung Streichhölzer
- 1 Trillerpfeife (Notsignal, Verständigung, Orientierung)
- 1 Pinzette
- 1 Taschenlampe
- Morsetabelle
- Pflaster
- Mullbinde
- Kompresse
- Wasserfeste Outdoor-Kamera

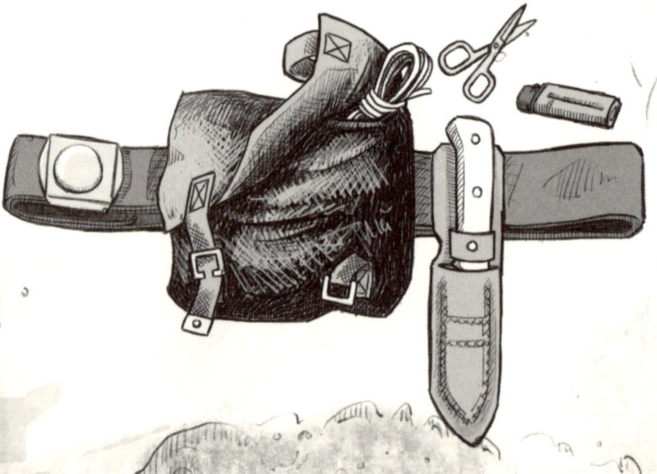

normalen Hosentaschen noch zwei an jedem Hosenbein aufwies. Um die Taille hatte er seinen prall gefüllten »Überlebensgürtel« geschnürt, von dem Elly gar nicht erst wissen wollte, was er alles enthielt, und der vorn mit einem Koppelschloss sicher verschlossen war. An den Füßen trug er feste knöchelhohe, schwere Wanderstiefel. Und zudem hatte er noch einen Rucksack dabei, in dem nach Ellys Vermutung wohl ebenfalls nichts zu finden war, was für einen entspannten Tagesausflug wirklich von Nutzen gewesen wäre.

»Wo willst du denn hin?«, fragte sie. »Dir ist schon klar, dass wir am selben Nachmittag zurückkommen und nicht erst in drei Wochen?«

»Wir fliegen in den Dschungel«, antwortete Mike.

»Wir fliegen *über* den Dschungel«, stellte Elly klar.

Doch Mike wollte das nicht gelten lassen. »Vielleicht landen wir ja auch und machen Rast im Dschungel oder einen kleinen Ausflug?«

Elly tippte sich an die Stirn. »Klar! Wir machen ’ne Tour mitten durch den Dschungel, und Papa bleibt hier. Und die Eltern von Matheus und Gabriel kommen auch nicht mit. Nur wir Kinder, allein mit Luiz! Da wird sich Mama aber freuen, wenn sie davon hört!«

Mike zog trotzig die Schultern hoch und blieb dabei: »Im Dschungel kann nun mal alles passieren.«

Auch ihr Vater amüsierte sich über Mikes Aufzug.

Er machte schnell ein paar Aufnahmen, um sie per WhatsApp an seine Frau zu schicken.

»Schreib aber dazu, dass wir nur einen halben Tag unterwegs sind«, schlug Elly lachend vor. »Mama denkt sonst, wir gehen auf Safari.«

»Safari in Brasilien!« Mike tippte sich an die Stirn. »Elly hat mal wieder keine Ahnung. Safaris gibt es nur in Afrika!«

»Schauen wir morgen noch mal nach Prepaid-Karten?«, fragte Elly, als sie ihren Vater mit dem Smartphone hantieren sah. Sie hatte genau wie ihr Bruder bereits ein eigenes, das aber hier in Südamerika nicht funktionierte. Ihr deutscher Prepaid-Tarif ließ es nicht zu. Am Tag zuvor wollten sie sich eine örtliche Karte kaufen. Aber ausgerechnet als sie vor dem Handyladen gestanden hatten, war Mittagspause gewesen.

»Morgen Nachmittag!«, versprach Vater.

Da das Smartphone also bisher nur über WLAN im Haus funktionierte, nahm Mike seines gar nicht erst mit. Um Fotos zu machen, hatte er seine wasserfeste Outdoor-Kamera dabei, die er sich extra zu Weihnachten hatte schenken lassen. Auch Elly ließ ihres zu Hause.

Überhaupt hatte Elly eigentlich gar nichts dabei. Außer ein paar Schokoriegeln natürlich, für den »kleinen Hunger zwischendurch«, wie sie einen Werbespruch zitierte. Ansonsten trug sie zwar auch – auf

Anraten ihres Vaters – eher robuste Wander- als leichte Sommerkleidung, aber das war es auch schon. Und nur weil ihr Vater darauf bestanden hatte, dass jeder eine große Flasche Trinkwasser mitnahm, hatte Elly überhaupt einen kleinen Rucksack dabei.

Derart unterschiedlich auf den Ausflug vorbereitet, waren beide natürlich gespannt, wie Gabriel und »Matti«, wie sie Matheus nennen sollten, ausgestattet sein würden.

Die beiden standen auf dem kleinen Flugplatz, als hätten sie von der Auseinandersetzung zwischen Elly und Mike gehört und sich für einen Kompromiss entschieden. Beide trugen robuste Wanderkleidung, hatten aber kaum Gepäck dabei. Ebenso wie Elly trug jeder nur einen kleinen Rucksack, in dem sicher nicht viel mehr Platz hatte als eine große Wasserflasche. Zufrieden bemerkte Mike, dass beide wenigstens große Fahrtenmesser an ihren Gürteln bei sich trugen.

Sie mussten nicht lange auf den Abflug warten. Kaum waren sie an der kleinen Start- und Landebahn auf der Baustelle angekommen, wurden sie auch schon vom Piloten begrüßt. Luiz war ein netter älterer Herr mit lichtem Haar und grauen Schläfen, einer wettergegerbten, faltigen Haut, die vermuten ließ, dass er schon so manches erlebt hatte. Seine Stimme klang tief, warm und freundlich. Lächelnd gab er jedem Kind die Hand und versprach einen fröhlichen, ereignisreichen Tag, an dem die Kinder Faszinierendes erleben würden. Dann stiegen sie in die kleine, aber immerhin mit sechs Sitzen für Passagiere ausgestattete ehemalige Postmaschine ein, setzen sich jeweils zu zweit hintereinander und schnallten sich auf den zerschlissenen, teils sogar zerrissenen Sitzen an.

Mike hatte kein besonders gutes Gefühl, mit dieser alten Klappermaschine über das Amazonas-Gebiet fliegen zu müssen. Doch ein- bis zweimal pro Woche flog Luiz Touristen über das Gebiet, und beide Väter – sowohl Mikes und Ellys als auch der von Matheus und Gabriel – hatten volles Vertrauen in die Maschine und in den Piloten. Insofern konnte eigentlich gar nichts schiefgehen.

Dachte Mike.

Bis der Motor ansprang.

Das Getöse dröhnte derart laut durch den Kabinenraum, dass man sein eigenes Wort kaum noch verstehen konnte.

Das hinderte Matheus dennoch nicht daran, brüllend über die technischen Daten des Flugzeugs zu referieren. Gabriel verdrehte etwas die Augen, wohl weil Matheus ihm in Vorbereitung des Ausflugs sämtliche Daten schon mehrmals aufgesagt hatte.

Gabriel zeigte nur mit einer entsprechenden Miene auf seinen großen Bruder, der hinter ihm saß, und rief: »Matheus hat ganz neu einen Flugschein!«

Mike riss erstaunt die Augen auf. »Echt. Du kannst so ein Flugzeug selber fliegen?«

Matheus schüttelte den Kopf.

»Nein!«, brüllte er gegen den Motorenlärm an. »Dafür bin ich noch zu jung. Nur einen Segelflieger!«

Trotzdem. Mike fand das äußerst beeindruckend und hob den rechten Daumen als Zeichen seiner Anerkennung. Matheus nahm dies stolz zur Kenntnis.

»Hätte ich auch Lust zu«, bekannte Mike, erntete mit dieser Bemerkung aber wieder Gelächter seiner Schwester. »Du hast doch Höhenangst!«

Seine Schwester hatte recht, musste er zugeben. Aber in geschlossenen Räumen wie Flugzeug-Kabinen überkam ihn diese Angst nicht.

Doch Luiz startete das Flugzeug, ohne die Seitentür zu schließen.

Schon rollten sie los. Und Mike rief noch: »Wollen wir die Tür nicht zumachen?«

»Welche Tür?«, fragte Matheus und lachte.

Jetzt erst sah Mike, dass tatsächlich die Tür fehlte!

»Ist eben ein alter Postflieger«, erklärte Matheus. »Er fliegt ja auch nicht hoch und schnell. Meistens so eben über den Baumwipfeln. Und für die Touris gibt es mehr Flair, wenn einem der Wind hier drinnen um die Ohren pfeift.«

»Aha!«, sagte Mike kurz angebunden, obwohl er die Hälfte wegen des Lärms gar nicht verstanden hatte.

Luiz gab Vollgas, der alte Kasten hob träge von der Startbahn ab. Und für einen Moment hatte Mike das Gefühl, das Flugzeug könne gar nicht fliegen. Es schaukelte, ruckelte, und immer wenn Mike glaubte, jetzt stabilisiere sich der Flug, sackten sie ab, dass es ihm nur so durch den Magen zuckte. Mike spürte, wie ihm heiß und kalt zugleich wurde und sich erste Tropfen kaltnassen Schweißes auf seiner Stirn bildeten. Er schloss die Augen und atmete tief durch. Hoffentlich bleibt es nicht so, dachte er nur. Nie und nimmer würde er so zwei Stunden Rundflug aushalten, geschweige denn die versprochene gigantische Aussicht genießen können.

»Alles klar, Mike?«, kam von seiner Schwester, die vor ihm saß, sich kurz umgedreht hatte und dabei das blasse Gesicht ihres Bruders sah. Sie kannte das schon. Ob Karussell, Riesenrad oder auch nur der Treppenaufgang in eine Kirchturmspitze, für Mike war das alles nichts.

»Geht schon!«, antwortete Mike tapfer, obwohl er wusste, schon bald würde gar nichts mehr gehen.

Seine Schwester glaubte ihm auch nicht.

»Kotz uns nicht ins Flugzeug!«, mahnte sie. »Nimm dir eine Tüte!«

Mike winkte ab, schaute sich aber dennoch heimlich nach einer Kotztüte um. Nur: Hier gab es keine. An Bord gab es eigentlich gar nichts. Nur die nackten

Sitze, die nachträglich hineingeschraubt worden waren. Mike erinnerte sich, dass er in seinem Überlebensgürtel eine Tüte stecken hatte. Aber vorerst wollte er sie in der Tasche lassen. So schlimm war es auch noch nicht. Er würde sich nicht übergeben müssen. Hoffentlich nicht.

Dann hatten sie ihre Reiseflughöhe erreicht, und der Flug wurde tatsächlich ein wenig ruhiger. Mike trank einen Schluck Wasser aus seiner Flasche und steckte sie gleich wieder in den Rucksack zurück. Das Wasser tat ihm gut. So wie die Maschine beruhigten sich auch sein Magen und vor allem seine Nerven.

»Schau nur!«, rief Elly begeistert. Sie zeigte aus dem Fenster.

Mike sah hinaus und erblickte eine unendliche grüne Decke unter sich. So weit das Auge reichte, ein Meer aus dichten grünen Baumkronen. Mike kam sich vor wie eine Minifliege, die über einen Riesenbrokkoli flog. Genau so sah es aus.

Es dauerte gute fünfzehn Minuten, ehe sich das Bild änderte, weil unter ihnen plötzlich ein Fluss auftauchte. Sie flogen so niedrig, dass Mike tatsächlich einzelne Krokodile erkennen konnte. »Kaimane!«, rief er seiner Schwester zu.

Doch die hatte schon etwas anderes entdeckt: Ein mächtiger Schwarm bunter Vögel zog übers Wasser in den Urwald hinein.

»Aras!«, rief Matheus. »Das war ein Schwarm von Ara-Papageien!«

»Und was ist der da?«, fragte Elly.

Parallel zu ihnen, aber ein paar hundert Meter entfernt, zog ein gigantischer Raubvogel seine Kreise.

»Ein Adler?«, fragte Mike.

»Ja, eine Harpyie!«, erklärte Gabriel. »Einer der größten und wohl der stärkste Greifvogel der Welt! Er jagt unter anderem Affen.«

»Affen?« Das konnte sich Mike kaum vorstellen.

Doch Matheus bestätigte es ihm. »Kleine Kapuziner-Äffchen. Die sind so groß wie Babys.«

Elly schaute Matheus entsetzt an. Babys! Was für ein Vergleich!

»Da!« Mike zeigte aus dem Fenster.

Die Harpyie hatte offenbar eine Beute ausgemacht. Ihr Flug änderte vom Kreiseln in eine gerade Linie abwärts. Und sie nahm Tempo auf. Wie ein lautloses Segelflugzeug schoss sie zielgerichtet in die grünen Baumkronen hinein. Hier oben in der Flugzeugkabine konnten sie keine Schreie von unten wahrnehmen. Aber in die Baumkronen kam ordentlich Bewegung. Eine Affenhorde nahm offenbar panisch Reißaus. Und dann stieg der mächtige Vogel wieder auf in den Himmel. In seinen starken Krallen zappelte etwas hilflos.

»Sie hat einen!«, schrie Elly. »Das arme Äffchen!«

»Oder der glückliche Adler!«, entgegnete Gabriel. »Der muss ja auch was fressen.«

Elly war dennoch nicht einverstanden, dass der Vogel ausgerechnet süße kleine Äffchen fressen musste.

Doch schon hatte sie wieder etwas Neues entdeckt. »Auweia. Dort hinten brennt der Wald! Gibt's hier eine Feuerwehr?«

»Feuerwehr?« Matheus lachte bitter. »Ja, klar. Aber die Menschen dort unten haben das Feuer ja selbst gelegt: Die werden es kaum löschen wollen.«

Elly kam nicht mit. Welche Menschen setzten absichtlich einen Wald in Brand?

»Brandrodung heißt das«, erklärte Matheus. »Die Arbeiter brennen die Bäume ab, um Straßen zu bauen, nach Erdöl zu suchen oder Ähnliches. Zusätzlich wird der Wald täglich abgeholzt, um Tropenholz zu verkaufen. Daraus werden auf der ganzen Welt dann Terrassen und Häuser gebaut. Auch in Deutschland.«

»Die holzen und brennen den Regenwald ab?« Elly konnte es nicht glauben. Obwohl, wenn sie so darüber nachdachte, dann hatte sie schon mal davon gehört. Wieder sah sie aus dem Fenster. »Aber das ist doch eine Riesenfläche, die dort brennt. Ist das Feuer außer Kontrolle geraten?«

Matheus schüttelte mit bitterer Miene den Kopf. »Jedes Jahr wird eine Fläche vernichtet, fünfmal so groß wie Berlin. 35 000 Quadratkilometer.«

Mike konnte sich diese Fläche nicht so richtig vorstellen.

»Luiz hat das für uns mal ausgerechnet«, erzählte Gabriel. »Das sind jede Minute die Fläche von neuneinhalb Fußballfeldern, die hier an Wald vernichtet werden.«

»Jede Minute?«, fragte Elly ungläubig nach. Sie schaute auf die Uhr und stellte fest, dass sie bereits seit einer dreiviertel Stunde unterwegs waren. Das war also … eine Fläche von rund 420 Fußballfeldern, die vernichtet wurden, seit sie losgeflogen waren!! Das konnte doch nicht sein!

Gabriel nickte: »Jede Minute knapp zehn Fußballfelder.« Er rief nach vorn ins Cockpit. »Oder Luiz? Das stimmt doch?«

Luiz antwortete nicht.

Gabriel lächelte. »Luiz hört ein bisschen schwer. Und bei dem Lärm …«

Er tippte den Piloten an. »Sag mal, Luiz, das stimmt doch, dass in einer Minute …« Er brach ab. »Luiz? LUIZ?« Er rüttelte den Piloten an der Schulter.

Mike schnallte sich ab und beugte sich nach vorn. Da saß er, ihr Pilot, den Kopf in den Nacken gelegt, die toten Augen zur Decke gerichtet, das Gesicht schmerzverzerrt erstarrt wie schockgefroren, der Mund halb geöffnet, die rechte Hand lag noch auf der linken Brust, dort, wo das Herz sitzt. »Was ist mit ihm? LUIZ!!!!«

Gabriel schaute Mike nur mit entsetztem Gesichtsausdruck an. Er brachte kein Wort heraus.

»Ist er ... tot?«, fragte Elly mit belegter Stimme.

»TOT?«, entfuhr es Mike. »Das ... das ... nein! Das kann nicht sein. Das darf nicht sein! LUIZ!« Mike rüttelte nochmals an dem leblosen Mann.

Doch es nützte nichts. Der Pilot regte sich nicht.

Gabriel nahm Mikes Hand und zog sie von Luiz weg. Doch Mike konnte noch immer nicht glauben, was er vor sich sah. Das war ein Albtraum. Etwas, was auf gar keinen Fall Wirklichkeit sein durfte. Mike schloss für einen kurzen Moment die Augen, öffnete sie wieder. Nichts hatte sich geändert.

»Luiz!«, wimmerte er. »Wie kann das denn sein?«

»Herzinfarkt!«, antwortete Matheus. Er hatte durch seinen Vater, den Arzt, schon einmal einen solchen Toten gesehen. Unten, auf der sicheren Erde. In einem Bett. Aber jetzt ... Auch Matheus starrte einen Moment lang nur ungläubig auf den toten Piloten, vor Entsetzen gelähmt.

»Wer fliegt denn jetzt das Flugzeug?«, rief Elly.

Ihre Frage wirkte wie ein Weckruf. Ihr Pilot war tot, und sie flogen führerlos knapp über den Baumwipfeln des brasilianischen Regenwalds!

Panik stieg in ihnen auf. Sie würden abstürzen! Hatten keine Chance mehr, irgendwie heil aus dem Flugzeug herauszukommen!

Gabriel rief: »Matti! Du musst fliegen!«

Er drehte sich zu seinem großen Bruder. »Oder, Matti? Das kannst du doch?«

Matheus besaß einen Flugschein! Zwar nur für einen Segelflieger; ein so großes Flugzeug mit einem Motor hatte er noch nie geflogen. Dennoch kannte er sich wenigstens mit den Grundlagen des Fliegens aus.

Matheus war mulmig zumute.

»Ich weiß nicht«, stotterte er. »Scheiße. Hoffentlich bekomme ich das hin. O Mann, Scheiße!«

Unsicher schaute er auf die vielen Instrumente.

»Nun mach doch. Setz dich ans Steuer!«, flehte Mike.

»Ja«, brachte Matti nur dünn heraus. Er setzte sich auf den Sitz, der für einen Copiloten vorgesehen war. Aber den hatten sie nicht an Bord, und deshalb war die Technik an diesem Platz deaktiviert. Matti wusste auf die Schnelle nicht, wie man sie zum Leben erweckte.

»Luiz muss da weg«, entschied er deshalb schnell. »Los, da rüber!«

»Okay! Okay!«, sagte Mike. »Packt mit an, Leute. Schnell. Macht Platz für Matti.«

Gerade wollte Elly mithelfen, den schweren Mann auf die andere Seite rüberzuziehen. Doch stattdessen schrie sie: »Seht nur!«

Sie alle sahen jetzt durch die Frontscheibe, wie ein riesiger Mammutbaum auf sie zukam.

»Scheiße!«, stieß Matheus aus, warf sich halb über Luiz' Leiche, um an den Steuerknüppel heranzukommen, und zog in letzter Sekunde die Maschine hoch.

Gabriel konnte sich gerade noch am Pilotensitz festhalten. Für Elly und Mike kam diese Aktion zu unvorbereitet. Sie purzelten nach hinten. Mike rutschte durch den schmalen Gang zurück, fiel zur Seite, halb über den Sitz und sah nur noch, wie die große Öffnung, in der die Tür fehlte, auf ihn zukam.

Bloß nicht rausfallen!, war das Letzte, was er dachte, während er instinktiv irgendwo Halt suchte. Dann knallte er mit dem Schädel gegen etwas. Ein heftiger Schmerz durchzuckte seinen Kopf. Danach wurde ihm schwarz vor Augen.

Abgestürzt

Jetzt lag Mike hier. Irgendwo im Dickicht. Wo waren die anderen? Bisher hatte er nur die Stimme seiner Schwester gehört. Er kroch in ihre Richtung, musste hier und da ein paar wilde Sträucher beiseitedrücken, und dann sah er – nicht nur Elly.

Im Hintergrund, aber bestimmt mindestens hundert Meter entfernt, entdeckte er das Flugzeug, verbeult und zerschellt. Es steckte mit der Nase schräg in der Erde, das Heck qualmte und kokelte noch vor sich hin.

Der Boden war feucht, die Pflanzen nass. Ebenso wie seine Kleidung, wie Mike erst jetzt bemerkte. Es schien geregnet zu haben. Möglicherweise stand nur deshalb der Urwald um sie herum nicht lichterloh in Flammen.

Mike krabbelte auf seine Schwester zu.

»Zeig mal!« Vorsichtig hob er ihren Fuß an.

Elly zuckte vor Schmerz zusammen. Das ganze Bein

war mit blutigen Kratzern übersät, die Hose zerrissen. Aber ... Mike hob ihren Fuß nur mit seiner rechten Hand noch ein Stückchen an. Um ihn zu drehen, benötigte er auch seine zweite Hand, doch der linke Arm schmerzte entsetzlich. Dennoch biss er die Zähne zusammen und drehte langsam und vorsichtig ihren Fuß. Fragend sah er sie an.

»Die Wunden brennen«, antwortete Elly. »Aber ich glaube nicht, dass etwas gebrochen ist.«

»Hoffentlich«, sagte Mike und legte den Fuß seiner Schwester wieder so behutsam ab, wie er ihn hochgehoben hatte.

Elly richtete sich langsam auf und schaute besorgt ins Gesicht ihres Bruders.

»Und du?«

»Alles so weit in Ordnung«, versuchte Mike sie zu beruhigen. »Bis auf die blutende Wunde hier! Und mein linker Arm tut weh.«

Er drehte ihn langsam mit schmerzverzerrter Miene.

»Verdreht oder verstaucht«, vermutete er. »Gebrochen glaube ich nicht.« Anschließend zeigte er ihr sein Bein. Auch dabei verzog er sein Gesicht. Wieder durchzuckte ein stechender Schmerz seinen linken Arm, der aber so schnell wieder verschwand, wie er gekommen war.

»Geht schon«, versuchte er, Elly zu beruhigen. »Hast du die anderen gesehen?«

Elly schüttelte den Kopf. Mike formte seine rechte Faust wie einen Trichter vor dem Mund und rief nach den beiden vermissten Jungs. Doch niemand antwortete.

Ernst schauten Mike und Elly sich an.

Mike reichte ihr seinen heilen rechten Arm. »Kannst du aufstehen?«

Elly nickte ihm zu und erhob sich, wobei sie sich an Mikes rechter Schulter abstützte. Dann half sie umgekehrt ihm, aufzustehen. Sich gegenseitig stützend, standen sie nun nebeneinander und konnten ein etwas größeres Stück in dem sie umgebenden grünen Dickicht überblicken.

»Es wird bald dunkel!«, stellte Mike fest. »Wir müssen den ganzen Tag hier bewusstlos gelegen haben.«

»Da!« Elly zeigte zum Flugzeug. Mike erkannte aber erst auf den zweiten Blick, was sie meinte. Ein paar Meter weiter rechts von der abgestürzten Maschine, ungefähr zwei, drei Meter über dem Boden, hing über dem Ast eines gewaltigen Baumes die Leiche ihres Piloten!

Mike hielt vor Schreck den Atem an, Elly sich die Hand vor dem Mund.

»O nein!«, hauchte sie. »Der arme Luiz!«

Mike hatte es die Sprache verschlagen. Er spürte, wie sein Puls zu rasen begann, ihm flau in der Magengegend wurde und sich ein leichtes Schwindelgefühl in seinem Kopf ausbreitete. Denn mit dem Blick auf Luiz drängte sich wieder die Frage auf, was mit Matti und Gabriel geschehen war. Elly ergriff seine Hand und drückte sie fest, dann aber legte Mike seinen Arm um seine kleine Schwester, und sie schmiegten sich schützend aneinander.

Mike konnte den Blick auf die Leiche kaum ertragen, aber er schaffte es auch nicht, wegzuschauen. So standen sie beide für einen Moment still einfach nur da. Nie zuvor in seinem Leben war Mike sich so klein und hilflos vorgekommen wie in diesem Augenblick.

»Wo sind Matti und Gabriel?«, fragte Elly mit leiser, heiserer Stimme.

Genau das hatte Mike sich auch gerade gefragt und hoffte, dass sie die beiden nicht ebenso auffinden würden wie Luiz. *Bitte, bitte nicht!*, flehte er stumm.

Die beiden lösten ihre Umarmung und wollten versuchen, sich tapfer ihren Aufgaben zu stellen. Sie durften hier nicht tatenlos stehen bleiben. Im Gegenteil: Wenn sie überleben wollten, brauchten sie einen Plan.

»Wir müssen uns darauf einstellen, lange hier zu sein«, sagte Mike. »Wir müssen nachschauen, ob wir im Flugzeug etwas finden können, was wir vielleicht irgendwie brauchen können.«

Er wartete eine mögliche Erwiderung seiner Schwester nicht ab, sondern humpelte los. Die Wunden in seinem rechten Bein brannten. Sein linker Arm schmerzte noch immer.

Elly folgte ihm, fragte aber: »Wie meinst du das: Wir müssen lange hierbleiben?«

Mike blieb kurz stehen und wandte sich zu seiner Schwester um. »Weißt du, wo wir sind?«, fragte er.

Elly schüttelte den Kopf.

»Ich auch nicht. Und ich vermute, niemand weiß das. Auch die zu Hause nicht«, setzte Mike fort.

Das Entsetzen in Ellys Gesicht vergrößerte sich. »Wieso das denn nicht? Die werden uns doch wohl suchen!«

Mike zeigte hinauf in die Baumkronen. »Es dringt kaum Sonnenlicht bis hier unten durch – das heißt, von oben sieht man nichts als Grün. Selbst, wenn die direkt hierüberfliegen, sehen die uns nicht.«

»Aber die müssen doch wissen, wo wir entlanggeflogen sind!«, wandte Elly ein.

Mike schüttelte den Kopf. »Matti hatte mir erklärt, dass Luiz manuell geflogen ist, auf Sicht. Weil er sich auskannte. Verstehst du? Da waren nirgends Koordinaten eingegeben. Nichts wurde zu einem Kontrollturm oder so übertragen. Nachdem Luiz das Flugzeug nicht mehr lenken konnte, sind wir irgendwohin geflogen, nur nicht zu unserem eigentlichen Ziel. Keine Ahnung, wie weit wir abgedriftet sind. Niemand weiß das.

Das Amazonasbecken ist größer als die Hälfte von Europa!«

Es erstaunte ihn selbst, wie viel er von dem, was er über das Amazonas-Gebiet während der Reise gelesen hatte, noch wusste. Wenngleich alle Daten und Fakten, die er in seinem Kopf gespeichert hatte, sich plötzlich von trockenen Sachinformationen in höchst bedrohliche Tatsachen verwandelten, mit denen sie fertigwerden mussten.

Trotz der bedrohlichen Lage versuchte auch Elly, einen kühlen Kopf zu bewahren. »Wir sind ungefähr eine Stunde geflogen. Mit so einer kleinen Maschine. Das grenzt doch die Suche enorm ein.«

»Das stimmt«, gab Mike zu. »Aber von dem Moment an, als Luiz starb, können wir in jede beliebige Richtung geflogen sein.«

Elly verstand: »Wir müssen hier allein überleben. Vielleicht sogar einige Wochen.«

Mike nickte ihr mit ernster Miene zu, öffnete den Mund. Doch dann verkniff er sich, seiner jüngeren Schwester zu sagen, dass es seiner Meinung nach auch Monate werden konnten.

»Schau mal!« Elly zeigte auf Luiz, der noch immer im Baum hing. Eine Horde kleiner süßer Äffchen hatte sich nun an ihn herangetraut und durchsuchte seine Kleidung nach Essbarem. Eines der Äffchen zog etwas aus Luiz' rechter Seitentasche, das in der Dämmerung gelb reflektierte. Ein Schokoriegel oder so etwas, vermutete Mike. Flink hatte das Äffchen die Verpackung abgerissen, die nun wie ein erlahmter Schmetterling sachte zu Boden flatterte. In Sekundenschnelle entbrannte daraufhin unter lautem Geschrei ein Streit in der Affengruppe über das gefundene Leckerli. Der Finder schoss damit durch das Geäst davon. Die anderen folgten ihm, so dass man das schrille Gezänk noch laut hörte, nachdem die Tiere schon längst nicht mehr zu sehen waren. Im nächsten Moment kehrten die Ersten aus der Gruppe zurück, die wohl eingesehen hatten, dass sie nichts mehr abbekommen würden, und setzten die Durchsuchung des leblosen menschlichen Körpers fort.

Mike und Elly wagten sich nicht heran. Zwar waren die Äffchen wirklich klein, aber ihre Zähne sahen sehr kräftig aus. Und es waren viele. Bestimmt fünfzehn, zwanzig oder mehr. Mike suchte den Boden nach etwas ab, was vielleicht als Wurfgeschoss taugen konnte, fand aber nur ein paar dickere Wurzelreste. Trotzdem versuchte er, damit die Äffchen zu vertreiben. Doch es blieb beim kläglichen Versuch. Die Wurfbewegung mit dem rechten Arm verursachte einen höllischen Schmerz im linken. Und die Wurzelhölzchen erwiesen sich als viel zu leicht, um als Wurfgeschoss zu taugen.

»Hier. Versuch es damit!« Elly reichte ihm ein größeres Stück Holz, von dem Mike nicht erkannte, ob es sich um eine Wurzel oder ein Stück eines armdicken Astes handelte. Auf jeden Fall war es deutlich schwerer und leicht gebogen wie ein natürlich gewachsener Bumerang.

»Mach du!«, bat er Elly. »Versuch, es wie einen Bumerang zu werfen.«

»Hä?«

»So!« Mike zeigte es ihr mit einer langsamen Bewegung, so wie er es mal in einem Internetvideo gesehen hatte. So ganz genau konnte er sich zwar nicht mehr erinnern, aber Ellys Wurf gelang trotzdem sehr gut. Kreisend schraubte sich das Holzstück der Affenhorde entgegen und zerschellte an dem mächtigen Baumstamm, an dem Luiz' Körper sich verfangen hatte. Allerdings landete das Holz gut zwei bis drei Meter zu hoch.

Die Äffchen würdigten den Aufprall nicht mal eines mitleidigen Blicks. Stattdessen pulten sie dem Piloten die Armbanduhr vom Handgelenk, steckten sie sich in den Mund und stellten empört fest, dass sie nicht schmeckte. Ein anderes Äffchen schien sich zu fragen, was um alles in der Welt man mit einem Kugelschreiber anfangen sollte. Es kritzelte seinem Nachbarn damit im Gesicht herum, der aber schnell die Lust daran verlor und dem Künstler das Schreibgerät aus der Hand schlug. Der Kugelschreiber folgte der Schokoriegelverpackung.

Mike und Elly mochten nicht weiter mit ansehen, wie die Affen Luiz' Kleidung ausplünderten.

»Vielleicht hilft es, wenn wir laut schreien?«, schlug Elly vor.

Sie versuchten es.

Auf Ellys Kommando liefen die beiden laut schreiend der Horde entgegen.

Die Affen erschraken und schrien zurück.

Elly warf erneut einen Stock. Diesmal traf sie besser. Einem der Äffchen schlug der Stock an den Kopf. Mit lautem Gekreische ergriff er die Flucht. Was für die anderen genügend Warnung war, sich ebenfalls schnell in Sicherheit zu bringen, um nun aus einiger Entfernung zu betrachten, was diese seltsamen fremden Wesen wohl vorhatten.

Wo ist Matheus?

Wir müssen uns gleich um Luiz kümmern«, sagte Mike. »Aber lass uns erst mal nachsehen, ob wir Matti und Gabriel finden können. Vielleicht liegen sie noch im Flugzeug.«

Elly war einverstanden, warnte aber: »Das Flugzeug kokelt noch vor sich hin. Besteht da nicht Explosionsgefahr?«

»Keine Ahnung!«, gab Mike zu. »Aber deshalb müssen wir erst recht schnell nachsehen. Vielleicht sind sie nur bewusstlos, und wir können sie retten. Los, wir müssen uns beeilen.«

So schnell sie konnten, kletterten sie in die Maschine, die im vorderen Teil einerseits platt zusammengedrückt war, andererseits halb auseinandergebrochen. Im Flugzeug war es so eng und durch die Beschädigungen so unübersichtlich, dass es Mike schwerfiel, alles zu überblicken.

»Matti? Gabriel?«, rief er. Aber es kam keine Antwort. Mike konnte nicht einschätzen, ob das ein gutes oder schlechtes Zeichen war. Er krabbelte so weit nach hinten durch, wie es ging, kam dabei an Ellys kleinem Rucksack vorbei, schnappte ihn und schubste ihn mit einem kräftigen Stoß voran, so dass er fast bis zum Eingang rutschte. Dann entdeckte er seinen Rucksack, der nahezu unversehrt unter seinem Sitz steckte.

»Gott sei Dank!«, atmete er auf. Denn er wusste, was er an wertvollen Dingen mitgenommen hatte, die sie vermutlich alle noch brauchen würden.

Doch von Matheus und Gabriel keine Spur. Ob sie noch lebten?

Mike kam wieder aus dem Flugzeug heraus. »Nichts von den beiden zu sehen.«

»*Wir* lagen ja auch draußen«, antwortete Elly. »Aber ich kann mich an nichts mehr so richtig erinnern. Das Letzte, was ich weiß: Gabriel und Matti haben Luiz vom Sitz gezerrt. Matti hatte das Ruder übernommen. Er wollte die Maschine hochziehen und wenden, um zurückzufliegen. Aber das klappte nicht. Irgendwie haben wir eine Baumkrone gestreift, kamen ins Schlingern. Matti hat dann, so gut er konnte, versucht, das Flugzeug in den Baumkronen zu landen. Dann gab's einen Crash. Wir sind übereinandergepurzelt. Ich konnte mich aber dann doch noch festhalten. Bei dem Aufprall müssen wir alle aus dem Flugzeug geschleudert worden sein. Mehr weiß ich nicht.«

»Vielleicht sind wir auch vorher schon bewusstlos aus dem Flugzeug herausgerutscht. Vielleicht war das sogar unser Glück, weil wir durch die Büsche relativ weich gelandet sind und nicht mit dem Kopf durch die Scheibe geflogen oder so. Wer weiß?«, spekulierte Mike. »Dann lass uns die Umgebung absuchen. Vielleicht sind die beiden einfach nur noch bewusstlos.«

Elly blickte hinauf in die Baumkronen. Vom Himmel war fast nichts zu erkennen.

»Es wird dunkel«, sagte sie. »Und zwar ziemlich schnell.«

Mike stimmte ihr zu, griff in seinen Rucksack und reichte Elly eine Taschenlampe. »Hast du auch eine mit?«

Elly schüttelte den Kopf.

»Dachte ich mir. Ich schau nach, ob es im Flugzeug eine gibt. Dann können wir suchen. Aber geh sparsam mit den Batterien um!«

Gerade wollte Mike ins Flugzeug steigen, als ein furchterregendes Geschrei durch den dichten Dschungel dröhnte.

Mike hielt sich die Ohren zu. »Meine Güte, was ist das denn?«

Es klang, als ob in einem Horrorfilm Zombies aus dem Grab stiegen oder Frankensteins Monster ein Opfer erspähte.

Auch Elly zuckte zusammen und schaute sich ängstlich um. Sie leuchtete mit der Lampe in die Baumkronen, konnte aber nicht mehr erkennen als ein paar nicht zu identifizierende Schatten. Hockten da irgendwelche Monster im Baum?

»Was ist das?«, fragte Mike.

Da! Jetzt bewegte sich etwas!

Elly konnte die Gestalt direkt anleuchten, worauf das heisere Geschrei an Lautstärke und Intensität sofort zunahm.

»Licht aus!«, befahl Mike.

Elly knipste die Taschenlampe aus.

»Hast du was erkennen können?«, fragte er unsicher. »Das sah aus wie ein Affe, oder?«

»Ja«, stimmte Elly ihm zu. »Aber da ist nicht nur einer. Hör dir das mal an!«

In der Tat stimmten immer mehr in das grauenvolle Gebrüll ein.

»Eine ganze Horde!«, stellte Elly fest und leuchtete noch mal die Baumkronen ab.

Sofort wurde das Gebrüll wieder lauter und aufgeregter. Jetzt sah Elly nicht nur den einen, sondern bestimmt zehn oder zwanzig der großen Affen, die ringsherum in den Bäumen hockten und dieses Geschrei veranstalteten.

»Greifen die an?«, fragte Mike unsicher.

»Ich glaube, das sind Brüllaffen!«, antwortete Elly.

»Die heißen echt so. Mit dem Gebrüll verteidigen sie ihr Revier!«

»Das heißt, die brüllen nur und tun uns nichts?«, fragte Mike.

Elly wusste es nicht. »Aber solange wir hierbleiben, wird das Gebrüll wohl nicht aufhören.«

»Vielleicht sollten wir ein Feuer machen?«, schlug Mike vor. »Und uns ein Nachtlager aufbauen, das wir durch Feuer schützen.«

Wieder ertönte ein lautes Frankenstein-Gebrüll, diesmal – so schien es Elly – direkt hinter ihr. Vor Schreck hätte sie fast ihre Taschenlampe fallen lassen. Hastig wandte sie sich um, leuchtete die Umgebung ab. Aber da war nichts. Die Affen waren in ihren Bäumen geblieben, aber ihr Gebrüll wirkte so nah, als würden sie direkt neben ihr stehen.

»O Scheiße«, jammerte sie. »Hier ein Nachtlager aufbauen ... Vergiss es!«

»Wir können diese Nacht vielleicht im Flugzeug-Wrack bleiben!«, schlug Mike vor. Nur ein Rest Glut glomm noch ein wenig vor sich hin. »Wenn wir es schaffen, die Glut zu löschen. Dann besteht auch keine Explosionsgefahr mehr. Aber vorher können wir mit der Glut ein kontrolliertes Feuer vor dem Eingang machen.«

»Kontrolliertes Feuer?« Elly schaute sich skeptisch um. »Wie stellst du dir das vor? Nicht, dass wir den halben Regenwald in Brand setzen.« Sie hatte die schrecklichen Bilder der Brandrodung vom Vormittag noch vor Augen.

»Du hast recht«, stimmte ihr Bruder ihr zu. »Trotzdem müsste es gehen. Dann schauen wir, was es im Flugzeug an Material gibt, mit dem wir uns ein sicheres Nachtlager bauen können. Aber vorher müssen wir nach Matti und Gabriel suchen.«

Ellys Blick huschte hinüber zu dem toten Luiz. Im Moment ließen die Affen ihn in Ruhe. Aber es war sicher nur eine Frage der Zeit, bis sie zurückkehren würden.

»Wann wollen wir uns um Luiz kümmern?«, fragte sie. »Vermutlich werden bald andere Tiere kommen als nur Affen. Welche, die Aas fressen.«

Mike folgte ihrem Blick.

»Später!«, sagte er. »Wir müssen die Zeit nutzen, solange wir noch etwas sehen können, die anderen zu finden und uns einen Schutz im Flugzeug einzurichten.«

Das Geschrei der Brüllaffen hatte sich in der Zwischenzeit als dröhnender Klangteppich über ihr Gebiet gelegt. Sich vernünftig zu unterhalten war nun fast nicht möglich. Man verstand sein eigenes Wort nicht. Doch dann verstummte das Gebrüll von einer Sekunde auf die andere. Als hätte es zum Feierabend geläutet.

In der plötzlich entstandenen Stille hörte Elly das Knacken von Geäst.

»Pst!«, forderte sie. »Sei mal ruhig.«

Aber Mike hatte gar nichts gesagt.

»Da war doch etwas …?« Elly spitzte die Ohren, drehte sich langsam um und zeigte aufs Dickicht hinter sich. »Ich glaube, es kommt von dort.«

Gerade noch hatte Elly von Aasfressern gesprochen. Kamen etwa schon die ersten?

Jetzt hörte Mike das Knacken auch.

»GABRIEL? MATTI?«, rief er laut.

Es kam eine leise gerufene Antwort aus dem Dickicht. Möglicherweise hatte das Affengebrüll zuvor die beiden Jungs geweckt?

Elly und Mike atmeten kurz erleichtert auf. Offenbar hatten sie ihre Freunde wiedergefunden. Sie lief auf das Dickicht zu, schob in freudiger Erwartung ein paar Äste beiseite, leuchtete hinein und – schreckte zurück!

Aus dem Gestrüpp heraus blickte sie Gabriels blutüberströmtes Gesicht an.

Elly musste erst zweimal Schlucken und nochmals tief Luft holen, ehe sie in der Lage war, nach ihrem Bruder zu rufen: »Mike! Hier! Schnell!«

Dann kroch sie langsam auf Gabriel zu.

»Warte!«, versuchte sie, beruhigend auf ihn einzuwirken. »Wir holen dich hier raus. Tut dir sonst noch was weh?«

»Wieso sonst noch?«, fragte Gabriel.

Elly wunderte sich über seine Frage. Dann begriff sie, dass Gabriel nicht zu wissen schien, wie er aussah.

»Äh …«, sagte sie vorsichtig. »Dein Kopf blutet.«

Gabriel fasste sich mit der Hand an den Schädel, sah das Blut darauf und fluchte. »Oh, Scheiße!«

Elly wiederholte ihre Frage: »Und sonst? Deine Beine und Arme, sind die in Ordnung?«

»Ich glaube schon«, antwortete Gabriel und begann erst jetzt, seine Gliedmaßen und seinen Körper zu überprüfen. Wie Elly und Mike auch, war er von Schrammen und Schürfwunden nur so übersät, aber die einzig wirklich ernsthaftere Verletzung hatte er nach erstem Augenschein wohl wirklich nur am Kopf. Gabriel krabbelte aus eigener Kraft aus dem Gestrüpp hervor.

»Was ist mit Matti?«, fragte er.

Elly verzog enttäuscht das Gesicht. »Wir hatten gehofft, du wüsstest es?«

Gabriel hätte den Kopf geschüttelt, aber im letzten Moment unterdrückte er diesen Impuls wegen seiner Verletzung.

»Lass mal sehen.« Mike hockte sich neben ihn und wollte sich die Wunde ansehen. Doch schnell schaute er wieder weg.

Elly wusste, weshalb. Sie schob ihren großen Bruder

beiseite. »Lass mich das machen. Du kannst doch gar kein Blut sehen.«

Mike wich zurück und öffnete seinen Rucksack, während Elly die Wunde genauer betrachtete.

»Nicht so schlimm, wie ich dachte«, gab sie Entwarnung. »Aber groß genug, dass es stark blutet. Wenn wir zu Hause wären, müsste das bestimmt genäht werden.«

»Können wir es nicht tackern?«, fragte Gabriel wie selbstverständlich.

Mike und Elly hingegen schauten ihn befremdlich an.

»Wie meinst du das?«, fragte Mike aus sicherer Entfernung. Gleichzeitig kramte er aus seinem Rucksack ein kleines Erste-Hilfe-Täschchen hervor, in dem sich auch etwas Verbandszeug befand. Er fummelte etwas Wundgaze heraus und reichte sie Elly. »Hier, damit kannst du die Wunde erst mal zudrücken.«

»Danke.« Elly nahm den Druckverband, presste ihn auf Gabriels Schädel und legte ihm seine Hand darauf. »So festhalten.«

Gabriel folgte ihrer Anweisung, ohne zu murren.

»Habt ihr das noch nie bei einem Fußballspiel gesehen?«, fragte er dann. »Da werden die Wunden auch oft getackert.«

Mike nickte. Er konnte sich an solche Szenen erinnern. »Wir haben ja gar nicht so ein Gerät«, sagte er.

Die Erleichterung war deutlich aus seiner Stimme herauszuhören.

»Das geht auch mit einem ganz normalen Bürotacker«, behauptete Gabriel. »Wie ich Luiz kenne, hatte der vielleicht so einen an Bord.«

Elly und Mike sahen sich schweigend an. Sie dachten gleichzeitig daran, dass Gabriel das zerlegte Flugzeug und Luiz' Leiche im Baum ja noch nicht gesehen hatte.

»Ja, wir können mal nachsehen«, antwortete Mike. Und schaute langsam hinauf zu dem Baum, in dem Luiz noch immer hing.

Gabriel folgte Mikes Blick – und zuckte augenblicklich zusammen, als er ihn entdeckte. »Armer Luiz!«

Elly und Mike nickten ihm mit ernsten Mienen zu.

Dann fiel ihm erneut ein: »Wo ist Matti?«

»Wir haben noch keine Spur von ihm gefunden«, teilte Elly ihm mit. »Und jetzt ist es schon zu finster, um weiter nach ihm zu suchen.«

Möglicherweise war die Dunkelheit der Grund, weshalb die Brüllaffen zur Ruhe gekommen waren.

Überhaupt war es für einen Augenblick ganz still geworden im Dschungel. Doch so allmählich meldeten sich die nachtaktiven Tiere. Schichtwechsel im Regenwald, dachte Mike. In den Baumkronen raschelte es. Die merkwürdigsten Rufe und Geräusche hallten durch den dichten Wald.

»Wir müssen uns beeilen, Gabriel irgendwie besser

zu verarzten und unser Nachtlager fertig zu machen«, drängte Mike.

»Ihr wollt schon aufgeben, nach Matti zu suchen?«, fragte Gabriel vorwurfsvoll.

»Wir wollen nicht aufgeben«, stellte Mike klar. »Aber du blutest stark. Wir müssen dich erst mal verarzten! Du kannst doch nicht die ganze Zeit deine Wunde nur gedrückt halten.«

Ein unbestimmtes Rascheln in den Bäumen ließ sie verstummen.

»Was war das?«, fragte Elly.

Das Rascheln schien näher zu kommen.

»Warte mal!« Elly ging in den Flüsterton über. »Da kommt etwas auf uns zu.«

Mike hielt still.

Gabriel presste sich nach wie vor den Verband auf die Kopfwunde und versuchte dennoch, konzentriert zu lauschen.

»Ein gefährliches Tier würden wir nicht hören«, behauptete er. Fügte dann aber an: »Glaube ich.«

Elly leuchtete dorthin, von wo sie das Geräusch gehört zu haben glaubte. Diesmal lag sie richtig. Tatsächlich bewegten sich dort die Äste.

»Vielleicht ein neugieriger Affe?«, fragte sie leise.

Mike schaute sich um, auf der Suche nach etwas, womit sie sich im Zweifel verteidigen könnten. Die Zweige direkt vor ihnen wurden nun auseinandergebogen. Mike hielt den Atem an, starrte auf das sich bewegende und von Elly angeleuchtete Gestrüpp. Zum Vorschein kam …

»Matti!«, riefen alle drei wie aus einem Munde.

Mike atmete erleichtert auf.

Gabriel wollte aufspringen und seinen Bruder freudig empfangen. Doch dann blieb er doch lieber sitzen, um seinen Verband weiter auf die Wunde zu pressen.

»Alles okay?«, fragte Elly.

»Ja!«, antwortete Matti. »Aber als ich aufgewacht bin, hab ich nichts von dem Flugzeug oder euch gesehen und bin dann in die falsche Richtung gelaufen. Zum Glück hab ich jetzt im Dunkeln kurz den Lichtschein deiner Taschenlampe entdeckt.«

Dann sah er Gabriels blutenden Kopf. Sofort hockte er sich zu ihm und besah sich die Wunde.

»Er meint, wir müssten es tackern«, berichtete Elly.

Doch Matti schüttelte den Kopf. »Nein, müssen wir nicht.«

Er stand auf und zeigte zum Flugzeug, das er nun sah. »Seid ihr schon drinnen gewesen?«

Mike erzählte, dass sie im Innern nach ihm gesucht hatten und wie der Zustand des Flugzeugs war. Dann teilten sie auch ihm mit, dass sie Luiz gefunden hatten.

Matti schaute traurig in den Baum.

»Armer Luiz«, sagte er leise. »Wir müssen ihn begraben. Und zwar möglichst schnell, damit keine wilden Tiere kommen.«

»Ja, das haben wir auch schon gesagt«, teilte Elly ihm mit. »Aber jetzt erst mal Gabriels Wunde verarzten.«

»Ich weiß, dass unser Vater Luiz mal einen gut ausgestatteten Erste-Hilfe-Koffer geschenkt hat«, entgegnete Matti. »Für seine Touristen-Flüge. Er müsste sich hinterm Pilotensitz befinden. Ich weiß, was da alles drin ist. Unter anderem Wundkleber.«

»Kleber?« Mike hatte noch nie davon gehört, dass man Wunden kleben konnte. Doch Matti belehrte ihn eines Besseren. »Ja, ist mittlerweile so gängig wie nähen oder tackern. Also das geht natürlich nicht mit einem normalen Bastelkleber. Das ist ein extra Wundkleber für Ärzte. Er wird auf die Haut aufgetragen und schließt die Wunde sofort.«

»Hatte ich schon erwähnt, dass Matti mal Arzt werden will wie unser Papa?«, fragte Gabriel lächelnd in die Runde. Man sah ihm die Erleichterung an, dass sein großer Bruder unversehrt geblieben war und ihm nun helfen konnte.

»Ich suche den Koffer!«, bot Mike sich an und kletterte ins Flugzeug.

Er hatte Glück. Der Arztkoffer stand noch immer fest angegurtet hinter dem Pilotensitz. Obwohl auch das Cockpit zur Hälfte zerstört war, war der Sitz – und somit auch der Koffer dahinter – fast unversehrt. Ganz anders dagegen das Armaturenbrett, das völlig zerfetzt aus den Halterungen gerissen war. Kabel und Schalter baumelten lose in der Luft. Und schon auf den ersten Blick erkannte Mike, dass das Funkgerät an Bord nur noch ein Haufen Schrott war. Da fiel ihm etwas ein …

Er kletterte wieder aus dem Flugzeug heraus, brachte Matti den Koffer, der ihn sofort öffnete und routiniert heraussuchte, was er brauchte, um Gabriels Wunde zu desinfizieren und zu verschließen. Fast so, als würde er es nicht zum ersten Mal machen, legte er Gabriel nun einen dicken Kopfverband an.

»Muss das sein?«, beschwerte sich Gabriel

Matti ließ gar nicht erst eine Diskussion darüber aufkommen. »Allerdings. Was meinst du, wie viele Insekten hier herumlaufen, die auf Blut stehen! Und auf keinen Fall sollte sich die Wunde entzünden. Also decken wir sie schön ab.«

»Okay!«, gab Gabriel sich geschlagen.

Mike schaute auf sein blutendes Bein, und auch Elly betrachtete ihre zahlreichen blutigen Kratzer und Schrammen. Wir sollten wohl besser alle Wunden verarzten und verbinden, dachte Mike.

Vorher aber wollte er endlich seine Frage stellen. »Das Funkgerät im Flugzeug ist völliger Schrott. Ihr habt nicht zufällig Handys bei euch, die hier funktionieren?«

»Hier braucht man ein Satelliten-Telefon«, antwortete Matti. »Weil es natürlich keine Sendetürme der Mobilfunkanbieter in der Nähe gibt. Luiz hatte aber leider nie eines. Und die normale GPS-Funktion von Smartphones reicht hier nicht. Da kriegen wir gar keinen Empfang bei den dichten Baumkronen.«

»Wir können also niemanden verständigen und nicht mal feststellen, wo wir uns überhaupt befinden?«, fragte Elly.

»So sieht's aus, denke ich«, antwortete Matti. »Und es wird schwer sein, uns zu finden. Wir sollten jetzt unsere Wunden verbinden, uns ein sicheres Nachtlager bauen, Luiz begraben und dann versuchen, zu schlafen. Morgen früh sichten wir, was wir an Material haben, und entscheiden, was wir weiter tun.«

Die anderen waren einverstanden. Genau das hatte Mike ja auch schon vorgeschlagen. Er wiederholte auch seinen Vorschlag, ein Feuer zu machen.

Gabriel sollte gar nichts tun und nur seinen Kopf schonen. Er bekam die Taschenlampe und sollte nach gefährlichen Tieren Ausschau halten.

Matti und Elly gingen ins Flugzeug, um nach Decken und allem zu suchen, was sie für ein Nachtlager brauchen konnten. Mike sollte Feuerholz zusammentragen.

»Wir können im Flugzeug übernachten«, schlug Matti vor. »Es müsste gehen, wenn ihr drei euch jeweils über zwei Sitze legt. Auch, wenn der Minigang dazwischenliegt. Ich versuche, mich in den Gang unter euren Beinen hinzulegen. Die Pilotensitze sind leider zu kaputt. Da geht es nicht. Aber hier drinnen haben wir bestimmt das sicherste Nachtlager.«

»Hatten wir auch schon überlegt«, berichtete Elly. Die Vorstellung, nachts im Dschungel draußen schlafen zu müssen, fand sie äußerst unangenehm. Sie erinnerte sich, wie sie einmal mit ihrem Bruder ein kleines Zelt im Garten aufgebaut hatte. Sie fanden es so toll, dass sie auch in dem Zelt übernachten wollten. Ihre Eltern hatten Decken, Kissen und Schlafsäcke angeschleppt. Doch kaum hatten sie nebeneinander im Zelt gelegen, hatte Elly nicht nur das Summen einiger Mücken vernommen, sondern auch noch gesehen, wie eine ziemlich fette, schwarze Spinne über Mikes Kopfkissen gekrabbelt war. Da war's Schluss mit der Übernachtung im Garten! Elly hatte fluchtartig das Zelt verlassen, kaum dass sie fünf Minuten drinnen gelegen hatte.

Jetzt sah sie sich um. Hier im Dschungel gab es mit Sicherheit Spinnen, gegen die die fette schwarze im Garten wie ein Floh gewirkt hätte.

»Gibt's hier eigentlich Giftspinnen?«, fragte sie.

»Natürlich«, antwortete Matti. »Hier im Amazonas-Regenwald gibt es im Prinzip alles. Leider auch die giftigste Spinne der Welt. Aber die gibt es in ganz Brasilien. Und sogar bei euch in Europa auf den Großmärkten!«

»WAS?« Elly fuhr entsetzt herum.

Matti hinter ihr durchwühlte gerade den Inhalt einer Metallkiste, die am Boden festgeschraubt war.

»Die giftigste Spinne der Welt?«

»Ja«, bestätigte Matti. »Die Armadeira-Spinne. Sie versteckt sich gern in Bananenstauden. Und wird mit ihnen oft nach Europa ausgeflogen. Deshalb heißt sie auch Bananenspinne.«

»Meine Güte!«, erschrak Elly. Sie überlegte, ob sie jemals wieder eine Banane essen sollte. Oder zumindest keine Stauden mehr kaufen. Die Vorstellung, dass sie im Supermarkt …

»Im Supermarkt sind sie sehr unwahrscheinlich«, gab Matti Entwarnung. »Aber auf den Großmärkten, in denen die Händler einkaufen, kommen sie schon mal vor.«

»Weißt du das auch von deinem Vater?«, fragte Elly.

»Ja«, antwortete Matti. »Er hat früher im Institut für Tropenmedizin in Hamburg gearbeitet. Wenn Arbeiter im Freihafen gebissen wurden, kamen sie zu ihm. Bei der Bananenspinne ist ein schnelles Gegengift ratsam.«

Elly musste erst einmal schlucken, ehe sie nachfragen konnte: »Und wenn man kein Gegengift hat, wie wir hier?«

ARMADEIRA-SPINNE

Die **Armadeira-Spinne** gehört zu den giftigsten und aggressivsten Spinnen der Welt. Übersetzt bedeutet ihr Name »bewaffnete Spinne«. Wenn sie eine Drohgebärde einnimmt, sieht es so aus, als ob sie Pistolen in die Luft streckt. Dabei richtet sie den vorderen Teil des Körpers auf und streckt die beiden vorderen Beine nach oben. Ihr Biss verursacht starke Schmerzen und kann tödlich enden.

Die Armadeira-Spinne ist eine Wanderspinne. Das bedeutet, sie lauert nicht auf ihre Beute, sondern jagt sie auf langen Nachtwanderungen. Tagsüber bleibt sie verborgen an dunklen, feuchten Orten. Oft versteckt sie sich auch dort, wo Menschen wohnen. Sie kommt in ganz Südamerika vor, von Ecuador bis in den Norden Argentiniens. Hauptverbreitungsgebiet ist Brasilien.

Die Spannweite der Beine beträgt bei den Weibchen bis zu 13 Zentimeter, der Körper wird bis zu 50 Millimeter lang. Die Körper der Männchen dagegen werden höchstens 40 Millimeter lang.

»Dann kann das böse enden«, erklärte Matti ehrlich. »Je nachdem, wo sie dich erwischt, kann ihr Biss zu Atemlähmungen führen. Bei manchen Menschen mussten Arme oder Füße amputiert werden.«

Elly wurde bleich. Sie schaute sich im Flugzeug um und überlegte, wie groß wohl die Wahrscheinlichkeit war, in dieser Nacht von einer Armadeira-Spinne gebissen zu werden.

»Ein Feuer vor unserem Eingang ist auf jeden Fall schon mal gut«, versuchte Matti sie ein wenig zu beruhigen, während er einen Werkzeugkasten hervorzog.

»Wie ich gehofft hatte!«, verkündete er zufrieden, öffnete den Kasten und zog einen Hammer heraus. »Schraubenschlüssel und so können wir kaum brauchen, aber ein Hammer ist Gold wert. Im Zweifel auch, um damit einer Armadeira-Spinne eine zu verplätten.« Er schob den Stiel durch eine Gürtelschlaufe, so dass der Hammer jetzt an seiner Taille baumelte.

»Hier unter dem Sitz liegen ein paar Decken«, rief Elly. »Und … warte mal … ja, sogar Schwimmwesten!« Sie zögerte jedoch, die nützlichen Dinge herauszuziehen. Wer wusste schon, ob es sich nicht ausgerechnet in einer dieser Decken schon eine Bananenspinne gemütlich gemacht hatte?

»Super!«, antwortete Matti, wurde aber sofort nachdenklich. »Wenn wir von hier fortgehen, müssen wir sehr genau überlegen, was wir an Gepäck mitnehmen, oder uns irgendeine Transportmöglichkeit bauen.«

»Transportmöglichkeit?« Elly verstand nicht.

»Ein Floß zum Beispiel!«, präzisierte Mike. »Ich weiß nicht, ob wir in der Nähe von Wasser sind. Aber wenn, sollten wir es finden. Es gibt eine alte Überlebensregel, die besagt: *Wasser führt dich zu Menschen*. Und wir sollten alles daran setzen, Menschen zu finden, die uns helfen können.«

»Gut, dass wir dich dabeihaben«, sagte Elly. »Du wirkst so cool und hast alles im Griff. Ich glaube, ohne dich wären wir völlig aufgeschmissen.«

»Cool?«, hakte Matti nach. »Ich? Glaube mir, Elly. In Wahrheit hab' ich eine Scheißangst!«

Mike war froh, dass er seinen Überlebensgürtel dabeihatte. Auch, wenn sie ihn dafür ausgelacht hatten. Jetzt lachte niemand mehr. Denn schon die erste einfache Aufgabe, ein Feuer zu entfachen, hätte sich ohne seinen Gürtel als großes Problem herausgestellt. Von den drei anderen hatte nämlich niemand ein Feuerzeug oder auch nur ein Streichholz dabei. Im gesamten Flugzeug hatten sie auch nichts gefunden.

In Mikes Supergürtel steckte auch das Survival-Buch, in dem viele Tricks standen, zum Beispiel, wie man in der Wildnis ein Feuer ohne Feuerzeug machen kann. Aber er hatte eben auch ein Feuerzeug dabei, was die ganze Sache doch erheblich vereinfachte. Er hatte genügend Holz gesammelt, das er in ausreichendem Abstand zum Treibstoff des Flugzeugs, aber doch dicht genug zum Eingang aufgeschichtet hatte. Um das aufgetürmte Holz hatte er mit Hilfe des Klappspatens, den Matti in der Kiste gefunden hatte, einen kleinen Graben gebuddelt und diesen mit möglichst nassem Laub ausgelegt, um ein Ausbreiten des Feuers zu vermeiden. Jetzt blieb nur zu hoffen, dass der Funkenflug nicht zu groß war. Doch in dieser Nacht wehte kein Lüftchen. Es war zwar stark abgekühlt, aber immer noch feucht und stickig. Keiner von ihnen sehnte sich deshalb nach einem wärmenden Feuer. Im Gegenteil, eine kalte Dusche wäre ihnen allen lieber gewesen. Aber Feuer war eben der beste Schutz gegen wilde Tiere.

Nach einer Stunde war alles erledigt: Sie hatten ihr Nachtlager im Flugzeug bereitet und unmittelbar vor der abgestürzten Maschine ein Feuer angezündet. Jetzt blieb nur noch eines zu tun.

»Wir müssen Luiz begraben«, sagte Matti.

Die anderen drei stimmten zu. Immerhin hatten sie im Flieger eine Schaufel gefunden. Und so machten sie sich gleich ans Werk. Doch ein Loch in den Boden zu graben erwies sich als erheblich schwerer, als sie gedacht hatten. Kein Vergleich mit Muttererde, die sie aus deutschen Gärten kannten. Die unzähligen

Dschungelpflanzen durchzogen den Boden mit dichtem Wurzelwerk, es war wie ein drahtiges Netz kurz unter der obersten Erdschicht. Fast kein Durchkommen. Hinzu kam, dass Mike immer noch der linke Arm, Gabriel der Kopf und Elly das Bein schmerzte. Der Einzige, der den Flugzeugabsturz nahezu unverletzt überstanden hatte, war Matti, der jetzt mit aller Wucht die Schaufel in den zähen, verwurzelten Boden schlug. Doch er gab schnell auf.

»Hier geht es nicht!«, klagte er. »Zumindest nicht mit diesem Klappspaten.«

»Wir könnten ihn verbrennen!«, schlug Elly vor, auch wenn ihr dieser Vorschlag nicht leichtfiel. Aber wenn sie nicht wollten, dass sich Aasfresser oder unzählige Insekten und Käfer über Luiz' Leiche hermachten, dann war es die vernünftigste Lösung. Sie hatten noch Glut aus dem Feuer. Und im Tank des Flugzeugs befand sich Benzin.

»Das Feuer dürfte dicken, schwarzen Rauch erzeugen. Wenn wir Luiz tagsüber verbrennen, könnten wir dadurch vielleicht entdeckt werden. So gesehen würde Luiz als seine letzte Tat uns sogar noch die rettende Hilfe herbeirufen. Das wäre bestimmt in seinem Sinne.«

»Gute Idee!«, lobte Matti. »Aber wenn wir Luiz einfach so im Baum hängen lassen, wird morgen früh vermutlich nicht mehr viel von ihm übrig sein.«

Elly sah ein, dass es vermutlich besser war, ihn sofort zu verbrennen.

Matti und Mike kletterten in den Baum, den Elly und Gabriel mit den zwei Taschenlampen, so gut es ging, ausleuchteten. Das Lagerfeuer in ihrer Nähe spendete zusätzlich ein wenig Licht.

Luiz war zu schwer, um ihn den Baum hinuntertragen zu können. Sie konnten ihn nur aus seiner eingeklemmten Lage befreien und hinunterfallen lassen. Mit einem dumpfen Aufprall landete Luiz auf dem mit viel weichem Laub bedeckten Boden.

Mike wollte ihn anschließend zusammen mit Matti zu ihrem Lager schleppen, doch Matti bedeutete ihm das Gegenteil.

»Ich glaube, bis so eine Leiche verbrannt ist, das dauert. Und stinkt auch entsetzlich. Wir sollten ihn weiter wegtragen.«

Mike war einverstanden.

Gut dreißig Schritte weiter entfernt legten sie Luiz ab. Mike ging zurück ins Flugzeug, um einen Schlauch zu suchen, mit dem er Treibstoff aus dem Tank saugen konnte. Die anderen drei sammelten Holz und brennbares Laub, um die Glut zu einem neuen Feuer zu entfachen.

Plötzlich entdeckte Mike, dass die abgerissene Benzinleitung hinten aus dem Flugzeug baumelte! War der Tank etwa schon leer? Doch nach der ersten Schrecksekunde erkannte er, dass das Benzin zum Glück nur spärlich auf den Boden des Regenwalds tröpfelte. Immerhin konnten sie den tropfenden Schlauch nutzen und mussten das Benzin nicht absaugen – für ihre Zwecke sollte eine geringe Menge reichen.

Mike zog Luiz Hose und Jacke aus, entleerte sämtliche Taschen, tränkte die Kleidung unter dem Benzinschlauch, stopfte sie zwischen Holz und Leiche und schaufelte heiße Glut vom ersten Feuer darunter.

Danach gingen alle vier in sicherer Entfernung in Deckung und schauten andächtig zu, wie die Glut das Holz und das Laub entzündete. Kurz darauf entflammte mit einer kleinen Verpuffung die benzingetränkte Kleidung. Nun war das Feuer stark genug, um auch Luiz in Brand zu setzen.

Niemand sagte etwas. Schließlich brach Gabriel das Schweigen.

»Muss man nicht ein Gebet sprechen oder so?«, fragte er. Mike hätte es passend gefunden, aber er kannte keines. Hoffnungsvoll wandte er sich an Gabriel. »Kennst du eines?«

Gabriel schüttelte bedauernd den Kopf.

»Ein Lied vielleicht?«, fragte Elly. Sie kramte in ihrem Gedächtnis, aber keiner der Songs, die sie auswendig kannte, schien ihr für diesen Anlass passend. Bei manchen, musste sie gestehen, wusste sie zwar den Text, verstand aber dessen Bedeutung nicht.

So schwiegen die vier weiter, bis Luiz' Leichnam mehr und mehr zu brennen begann.

Gabriel rümpfte plötzlich die Nase. »Puh!«, stöhnte er. »Das stinkt aber wirklich.«

Die Kinder zogen sich ihre Shirts hoch über die Nase, aber das milderte den Gestank nur wenig. Mike kämpfte gegen die Übelkeit an. Den anderen schien es nicht viel besserzugehen. Nun machte sich auch niemand mehr Gedanken darüber, mit welcher Andacht sie Luiz verabschieden konnten. Sie hofften nur, dass das Feuer so schnell wie möglich sein Werk vollenden mochte – ohne sich auszubreiten und Gestrüpp, Bäume oder gar das Flugzeug in Brand zu setzen. Denn so dürftig es zu kokeln begonnen hatte, so ausufernd größer wurde das Feuer nun von Minute zu Minute.

»O Scheiße!«, entfuhr es Mike. »Hoffentlich geht das gut!«

Sie hatten nichts, womit sie im Zweifel das Feuer eindämmen oder gar löschen konnten. Ihr Trinkwasser war zu wertvoll und ohnehin zu wenig.

Doch zum Glück blieb es windstill und das Feuer weitgehend dort, wo es hingehörte.

»Okay, Leute!«, sagte Matti schließlich. »Ich denke, Luiz ist einverstanden, wenn wir zurück zu unserem Lager gehen.« Er trat als Erster einen Schritt näher ans lodernde Feuer heran und sagte: »Mach's gut, Luiz!«

Ihm folgte Gabriel, dann verabschiedeten sich Mike und Elly von dem Piloten, den sie nur so kurz kennengelernt hatten. »Kanntet ihr den Luiz eigentlich?«, fragte Mike die beiden anderen Jungs.

»Ja«, antwortete Matti. »Wir sind ihm ein paarmal begegnet. Er hat mir einiges beigebracht, als ich für den Segelflugschein geübt habe. Und meine Eltern hatten ihn zwei-, dreimal zum Essen nach Hause eingeladen. Luiz war voll in Ordnung. Ehrlich!«

»Das ist doch eigentlich okay für eine Andacht«, fand Elly. Und rief feierlich aus: »Luiz! Du warst voll in Ordnung!«

Normalerweise hätte Gabriel in einem solchen Moment sofort losgekichert. Doch der Anlass war zu ernst für Späße. Und so wiederholte Gabriel einfach nur, was Elly gesagt hatte: »Luiz, du warst voll in Ordnung!«

Dann sprachen es alle vier gemeinsam aus: »Luiz, du warst voll in Ordnung!«

»Ich glaube, das hätte ihm gefallen«, sagte Matti.

Die erste Nacht

Als die vier später am Abend um ihr Lagerfeuer herumsaßen, kam fast so etwas wie eine gemütliche Stimmung auf. Doch jetzt, wo sie für die Nacht alles erledigt hatten, meldete sich der Hunger. Die Ereignisse, Luiz' Tod und der Schock des Absturzes hatten sie lange Zeit vergessen lassen, dass sie seit dem Frühstück nichts mehr zu sich genommen hatten.

»Hat noch jemand etwas zu essen?«, fragte Mike in die Runde.

Alle schüttelten die Köpfe. Mike konnte es kaum glauben.

»Echt nicht? Nicht mal Schokoriegel, Elly?«

Elly verneinte mit größtem Bedauern. »Die, die ich mithatte, habe ich alle schon während des Flugs gegessen.«

»Wie das denn?«, fragte Mike. »Wir sind doch gerade mal eine Stunde geflogen, bis der Unfall passierte!«

»Na und? Wo ist das Problem?«, entgegnete Elly. »Man kann in einer Stunde ja wohl mal drei Schokoriegel essen.«

»Du hattest fünf mit!« Mike hatte mitgezählt.

Elly zuckte nur mit den Schultern. »Und wenn schon. Jetzt sind sie alle.«

»Bis morgen früh müssen wir ausharren«, sagte Matti. »Dann können wir Früchte suchen und Nüsse. Die sind am nahrhaftesten.«

»Und Insekten!«, ergänzte Mike. »In meinem Buch steht, dass Insekten sehr viel Protein enthalten und total gesund sind. Ich hab auch schon mal eine Piratengeschichte gelesen, wo die Piraten auf einer einsamen Insel Käfer gegessen haben und …«

»Hör auf!«, schimpfte Elly. »Ich esse keine Käfer!«

»Aber wenn wir nichts anderes haben?«, beharrte Mike.

»Trotzdem nicht. Außerdem haben wir was anderes. Hast du doch gehört: Früchte und Nüsse!«, fuhr Elly ihn an.

Dann sah sie im Lichtschein einen Käfer vor dem Feuer davonlaufen. Sie zeigte auf ihn.

»Da! Los, iss ihn. Du hast doch Hunger!«

Mike verzog das Gesicht. Was im schlauen Buch stand, war das eine. Aber dann in Wirklichkeit sich einen Käfer zu schnappen und ihn so, wie er war, in den Mund zu stecken, durchzukauen und runterzuschlucken, das konnte er sich dann doch nicht vorstellen.

»Na, siehst du!« Elly war zufrieden.

Matti sah dem Käfer hinterher. »Könnte aber sein, dass wir schon bald solche Tierchen essen müssen.«

»Was meinst du denn, wie lange es dauert, bis sie uns finden?«, fragte Elly.

Matti zog die Schultern hoch. »Ehrlich gesagt, ich glaube nicht, dass uns jemand findet. *Wir* müssen weiterziehen. Und versuchen, dass *wir* jemanden finden: einen Indianerstamm oder ein Flussufer, wo Boote vorbeikommen oder eine Stelle, wo Bäume im Regenwald abgeholzt werden – der Mensch dringt ja immer weiter vor.«

Mike stimmte ihm zu. »Schließlich wissen wir nicht, wo wir sind. Vielleicht ist die nächste Rodung ganz nah, und wir finden sie schon morgen Vormittag.«

Obwohl die Möglichkeit nicht auszuschließen war, teilte niemand Mikes Zuversicht. Und wenn er ehrlich war, glaubte er selbst nicht an seine optimistische Prophezeiung. Mike lehnte sich zurück und wollte sich entspannt auf den Rücken legen. Doch sofort richtete er sich wieder auf, weil ihm eingefallen war, wie viele Krabbeltiere sich direkt unter ihm im Laub verkrochen haben könnten. Andererseits konnte er doch die nächsten Tage nicht aufs Liegen verzichten, aus purer Angst, irgendetwas könnte ihm in den Kragen krabbeln. Auch die anderen drei blieben sitzen, die Oberkörper leicht nach vorn gebeugt, die Hände um die angewinkelten Knie umschlungen.

Elly zeigte ihre Arme, auf denen sich schon etliche Insektenstiche abzeichneten. Den anderen erging es nicht besser. Nur jetzt, am Feuer, hatten sie ein wenig Ruhe vor den beißenden und stechenden kleinen Biestern.

Mike knurrte der Magen, und er überlegte, was daheim wohl gerade sein Vater unternahm, nachdem ihr Flugzeug nicht zurückgekehrt war. Eigentlich waren seine Eltern schlimmer dran als er und seine Schwester, fand er. Denn sie selbst wussten ja, dass es ihnen gutging, während die Eltern keine Ahnung hatten, was geschehen war. Irgendwann würden sie sicher davon ausgehen, dass das Flugzeug abgestürzt war und sich dann erst recht Sorgen machen, ob ihre Kinder verletzt waren oder bereits tot oder durch unwahrscheinliche, glückliche Umstände unversehrt. Natürlich würden sie alles daran setzen, sie zu finden. Aber die Chance auf Erfolg war gering. Und so würde die quälende Ungewissheit bleiben. Mike konnte sich nicht erinnern, jemals ein funktionierendes Handy so sehr vermisst zu haben wie in diesem Augenblick. Er hätte so gern irgendeine Möglichkeit gehabt, seinen Eltern wenigstens zu signalisieren, dass sie lebten und dass es ihnen soweit gutging. Er dachte auch an seine Freunde zu

Hause in Deutschland. Sie würden sich vielleicht an diesem Abend über eine ungerecht benotete Mathearbeit ärgern. Oder darüber, dass eine Fernsehsendung abgesetzt worden war oder ihnen das Essen in der Schulkantine nicht schmeckte. Vielleicht hatten sie gerade Streit mit jemandem in der Schule, weil dieser oder jener über ihre Frisur, ihre neue Hose oder so gelästert hatte. Mike musste fast ein bisschen schmunzeln über das, was er und seine Freunde als Probleme angesehen hatten, als er noch in Deutschland gewesen war. Wie gern würde er jetzt jedes einzelne Problem auf sich nehmen, wenn er dafür nicht länger neben einem abgestürzten Flugzeug und einer fünfzig Meter entfernten verbrennenden Leiche mitten im Dschungel liegen müsste, ohne die geringste Ahnung, was er morgen essen sollte, wo sie morgen Abend schlafen würden oder welche Gefahr hinter dem nächsten Gestrüpp auf sie lauerte. Das Bedrohlichste war, dass sie im Moment nur vier Flaschen Wasser hatten. Ihre erste Aufgabe morgen Vormittag würde sein, sich neues Wasser zu besorgen. Zu dieser Jahreszeit trug der Wald seinen Namen zu Recht, denn jeden Nachmittag zogen sich die Wolken zusammen zu einem kräftigen Unwetter mit Gewitter und kurzen, aber sintflutartigen Regengüssen. Wenn es ihnen gelang, genügend Regen aufzufangen, würden sie zumindest immer ausreichend Wasser haben.

»Woran denkst du?«, riss Elly ihn aus seinen Gedanken.

»An meine Bauplane, die ich dabeihabe!«, antwortete Mike nur. Und schaute in drei erstaunte Gesichter.

Mike erzählte ihnen noch mal von seinem Survival-Buch, das er bei sich trug und aus dem er sich schon vor der Reise einige wichtige Tipps zu Herzen genommen hatte. So auch den, eine zusammengefaltete Bauplane mitzunehmen.

»Sie kann uns unterwegs nicht nur ein Dach über dem Kopf bieten oder eine saubere Unterlage zum Sitzen oder Schlafen, sondern wir können sie auch so aufhängen, dass sie Regen auffängt, und das Wasser dann in unsere Flaschen gießen. So haben wir immer sauberes Trinkwasser parat.«

Elly fasste ihren Bruder an die Hand. »Ich hab mich über dich lustig gemacht, mit deinem Überlebensgürtel und so. Aber jetzt bin ich echt froh, dass du das alles dabeihast.«

Mike huschte ein Lächeln über das Gesicht. »Ein bisschen verrückt war das schon. Ich konnte ja wirklich nicht ahnen, dass uns so etwas passieren würde.«

»Schön, dass ich so einen verrückten Bruder habe.«

Auch Matti lobte Mike. »Wirklich genial, Mike. Deine Plane ist Gold wert. Denn zurzeit regnet es fast jeden Nachmittag. Wassermangel werden wir dann wirklich nicht haben.«

REGENWASSER AUFFANGEN UND ALS TRINKWASSER NUTZEN

Zur Trinkwassergewinnung ist das Auffangen von Regenwasser die einfachste und sicherste Methode. Wenn man einen sauberen Auffangbehälter benutzt, braucht das Regenwasser nicht gereinigt zu werden. Zum Auffangen eignen sich alle wasserundurchlässigen Materialien.

Schneller und mehr Wasser kann man mit Hilfe einer Plane auffangen. Große Blätter eignen sich im Notfall auch. Damit der Regen direkt in den Auffangbehälter fließt, baut man am besten eine Konstruktion:

a) Vier Pfosten einschlagen. Die Ecken der Plane an jeweils einem Pfosten fest verschnüren. An einer Ecke die Plane tiefer an dem Pfosten fixieren.
b) Einen Stein (oder etwas anderes Schweres) in die Plane legen, so dass eine Rinne entsteht und das Wasser von den Rändern der Plane zum unteren Ende abfließen kann.
c) Einen Behälter, wie eine große Dose oder Ähnliches, am unteren Ende der Rinne platzieren.

»Aber Hunger«, wandte Gabriel ein. Er hatte das Gefühl, sein Magen rumorte immer lauter und schlimmer.

»Das beste Mittel gegen Hunger ist, zu schlafen«, wusste Mike aus seinem Buch. »Also, wenn man nichts zu essen hat, meine ich. Denn im Schlaf verbraucht man am wenigsten Energie.«

Gabriel nickte ihm zu. »Das weiß ich. Das ist übrigens auch der Grund, weshalb Faultiere sich so langsam bewegen. Nur, um Energie zu sparen.«

»Sollen wir uns dann ab morgen auch nur noch in Zeitlupe bewegen?«, fragte Elly.

Matti lachte. »Nein, ich glaube nicht, dass uns das weiterhelfen würde. Denn Denken und Stress verbrauchen auch Energie. Und je langsamer wir vorankommen, desto gestresster werden wir, denke ich.«

»Also gehen wir jetzt schlafen?«, fragte Mike in die Runde.

Es wäre das Vernünftigste. Das wussten sie. Aber trotz der Aufregung und der Anstrengungen am Tage sah sich keiner in der Lage, einzuschlafen. Obwohl sie sich müde und abgespannt fühlten.

»Okay!«, sagte Matti. »Wir legen uns alle zum Schlafen hin, und ich versuche, euch eine Geschichte zu erzählen, zu der ihr dann einschlafen könnt.«

»So langweilig?«, fragte Elly und lachte.

Sie genoss jeden Moment, der sie von ihrer schrecklichen Lage ablenkte. Und war dieser Augenblick auch noch so kurz. Vielleicht schaffte Matti es mit einer Geschichte, sie möglichst lange vergessen zu lassen, dass sie hier um ihr Überleben kämpfen mussten.

So legten sie sich ins Flugzeug in ihr vorbereitetes Nachtlager. Da sie voll angezogen waren, brauchten sie nicht unbedingt etwas, um sich zuzudecken.

Draußen vor dem Eingang des Flugzeugs brannte das kleine Lagerfeuer. Matti hatte noch ordentlich Zweige und Äste draufgelegt, so dass das Feuer bis zum nächsten Morgen, wenn schon nicht brannte, so doch aber wenigstens seine Glut behalten würde. Es genügte, dass es nach Feuer roch, um Tiere fernzuhalten.

Und weiter entfernt loderte noch immer das größere Feuer, das Luiz' Körper verbrannte. Der Rauch und damit der Geruch der verbrennenden Leiche zogen im Moment glücklicherweise in die andere Richtung, vom Flugzeug weg.

Die beiden Geschwister lagen jeweils auf zwei Sitzen ausgestreckt. Gabriel weiter vorn auf einer Decke am Boden. Matti längs im Gang, den Kopf Richtung seines Bruders, ebenfalls auf einer Decke auf dem Boden, unter den Beinen von Mike und Elly, die wie zwei Brücken über ihm thronten.

Nur äußerst wenig Licht des Feuers drang durch die kleinen Fenster ins Innere des Flugzeugs. Damit sie in der stockfinsteren Nacht im Flugzeug überhaupt irgendetwas sehen konnten, hatten Matti und Gabriel sich eine besondere Konstruktion einfallen lassen. Das Licht im Flugzeug funktionierte nicht mehr. Aber die Batterie. So hatten die beiden ein paar Drähte aus dem zerstörten Kabelwust herausgerissen, noch eine intakte Birne in der Kabinenbeleuchtung gefunden und diese mit den Drähten an die Batterie angeschlossen.

Matti begann, seine Geschichte zu erzählen.

Elly lehnte ihren Kopf an die Rückenlehne ihres Sitzes, kauerte sich zusammen, als ob sie unter einer kuscheligen Decke liegen würde, und lauschte Mattis Worten, damit sie an nichts anderes denken musste.

Mike und Elly genossen es, nicht in der völligen Finsternis im Flugzeug liegen zu müssen. Auch wenn die kleine Birne nur ein düsteres, mattes Licht abgab. Mike hörte Mattis Geschichte kaum noch zu. Als er erst einmal lag und sich von dem Gedanken befreit hatte, irgendwelche giftigen Insekten könnten nachts über sein Gesicht laufen, gelang es ihm recht schnell, einzuschlafen. Aber er schlief unruhig. Immer wieder wachte er auf, weil ihn gänzlich unbekannte Geräusche weckten. Mike schlug die Augen auf und blickte in die absolute Dunkelheit. Entweder hatte Matti das Licht am Ende seiner Geschichte ausgemacht, um die Batterie zu schonen, oder die Batterie hatte schneller ihren

Geist aufgegeben, als sie gedacht hatten. Mike wusste es nicht. Er konzentrierte sich auf die Geräusche und versuchte, sie zu identifizieren – was ihm kein einziges Mal gelang. Manchmal konnte er nur schwer der Versuchung widerstehen, die Taschenlampe anzuknipsen, um nachzusehen, woher das Geräusch kam. Denn oft hörte es sich an, als stünde irgendein Tier direkt neben ihm. Einmal hatte er es nicht ausgehalten. Panisch hatte er zur Lampe gegriffen. Doch als er das Licht anschaltete, hatte er kein Tier gesehen. Stattdessen aber die anderen drei geweckt, die hochschreckten und fragten, was passiert wäre. Schnell hatte Mike das Licht wieder gelöscht, sich entschuldigt und weiter in die Dunkelheit gestarrt.

Dann schreckte er erneut hoch. Wieder so ein Geräusch! Erst das Knacken von Ästen, dann Schmatzgeräusche. Mike setzte sich hastig auf und lauschte in die Nacht. Erneut das Licht anzuknipsen, traute er sich nicht. Er wollte sich nicht schon wieder Ärger von seinen Freunden einhandeln. Aber sein Herz raste. Schließlich tippte ihm eine Hand auf die Schulter. Mike fuhr entsetzt zusammen, schaltete sofort seine Lampe an und erkannte – dass es nur Elly war.

»Mann!«, fauchte er sie im Flüsterton an. »Musst du mich so erschrecken?«

Er knipste seine Lampe wieder aus, weil Matti und Gabriel selig schlummerten.

»Ich kann auch nicht schlafen«, flüsterte Elly, so leise es irgend ging.

Sie schauten aus dem Fenster hinaus in die pechschwarze Nacht. Es war, als würden sie gegen eine schwarze Wand gucken.

»Können wir nicht mal leuchten, was dort ist?«, flüsterte Elly. Auch sie schien die Geräusche gehört zu haben.

Da! Wieder! Mike glaubte, ganz deutlich Schmatzgeräusche zu hören. Da fraß jemand! Ganz in ihrer Nähe! Beide, er und Elly, hielten einen Moment den Atem an, um nicht gehört zu werden, und hofften, das Tier draußen würde sie nicht durch die Flugzeugwände hindurch wittern.

Nicht mal vom Feuer drang ein Lichtschein durch die finstere Nacht. Ob es ausgegangen war? Sie hatten doch extra noch besonders dickes Holz aufgelegt, kurz bevor sie sich hingelegt hatten, damit die Glut bis zum nächsten Morgen glimmen würde. Vermutlich wäre es jetzt das Klügste gewesen, vorsichtig hinauszuschleichen, etwas Holz nachzulegen und das Feuer erneut zu entfachen, um die abschreckende Wirkung zu vergrößern. Mike dachte an die Indiana-Jones-Filme, die er gesehen hatte. Indiana Jones hatte panische Angst vor Schlangen. Immer, wenn er welchen begegnete, hielt er sie sich mit Fackeln vom Leibe. So könnte Mike jetzt auch vorgehen: sich schnell einen brennenden Holzstock aus dem Feuer ziehen und sie als Fackel gegen herumstreunende Tiere einsetzen. Aber er traute sich nicht.

Nachdem er eben schon Matti und Gabriel grundlos geweckt hatte, wollte er das Risiko kein zweites Mal eingehen.

Mike lauschte. Hatte das Schmatzen aufgehört?

Ja, es war ruhig geworden, abgesehen von den verschiedenen Rufen und Schreien, die aber von irgendwo weiter weg kamen.

»Kannst du nicht einmal kurz rausleuchten?«, fragte Elly, immer noch besonders leise, um die anderen nicht zu wecken.

Mike überlegte kurz, dann knipste er das Licht an, leuchtete hinaus. Der Lichtstrahl fiel auf ein schwarzes Wesen, etwa so groß wie …

»Das ist ein Schwein!«, brach es aus Elly hervor. Schnell hielt sie sich die Hand vor den Mund, weil sie lauter gerufen hatte, als sie wollte.

Mike leuchtete weiter. Und sie sahen ein weiteres Tier. Dann noch eines. Mikes war sich nicht sicher, ob das Schweine waren, obwohl sie große Ähnlichkeit mit Wildschweinen hatten, die sie aus Deutschland kannten.

»Ich glaube, das sind Tapire«, sagte Elly jetzt, nachdem sie genauer hingeschaut hatte.

Und zwar offenbar eine ganze Herde, die aber aufgehört hatte zu fressen und ebenfalls lauschte. Und dann mit einem Mal panisch davonlief.

»Haben die uns gehört?«, fragte Elly.

Mike wusste es nicht. Er hoffte es aber. Denn ihm fiel nur eine einzige weitere Möglichkeit ein, weshalb die Tiere so plötzlich davongelaufen waren: dass ein großes Raubtier sich näherte.

»Ich kann unmöglich einschlafen!«, behauptete Elly.

Genau so erging es Mike auch. Trotzdem legten sie sich wieder hin, wobei Mike aufmerksam die Ohren offenhielt. Auf keinen Fall wollte er von einem Raubtier überrascht werden, das sich in das Flugzeugwrack schlich.

Die erste warme Mahlzeit

Als am frühen Morgen das erste Tageslicht durch die Fenster ins Flugzeug fiel, hatte Mike das Gefühl, in der gesamten Nacht kein Auge zugemacht zu haben. So schlecht und unruhig hatte er lange nicht geschlafen, vielleicht sogar noch nie.

Sonnenstrahlen drangen kaum bis hier unten durch. Dafür waren die Baumkronen zu dicht. Es wurde einfach nur heller. Mike war der Erste, der aufwachte, obwohl er sicher war, als Letzter eingeschlafen zu sein. Langsam stand er auf, um draußen die Lage zu peilen. Vom Feuer war nicht mal mehr die Glut zu sehen, aber es qualmte trotzdem noch leicht vor sich hin. Vermutlich reichte der Brandgeruch aus, um die Tierwelt auf Abstand zu halten. Obwohl die Tapire sich daran nicht gestört hatten.

Ansonsten sah Mike nichts, was sich bewegte. Aber er wusste, dass im Regenwald in dieser Beziehung der

Schein trog. Er war sich sicher, dass unendlich viele Augen auf sie gerichtet sein würden, sobald sie das Flugzeug verließen. Nur würden sie selbst kaum jemand von ihnen zu Gesicht bekommen. Die meisten Lebewesen im Amazonas-Regenwald verstanden es meisterhaft, sich zu tarnen, zu verstecken und einfach unsichtbar zu bleiben.

Mike kroch weiter zur Tür und blickte ins friedliche, aber eben trügerische Paradies. Nur wenige Meter entfernt entdeckte er einen Kolibri, der sich in einem herunterhängenden Blatt sein Nest gebaut hatte und soeben von der Jagd zurückgekehrt war, um sein Junges zu füttern. Ein phantastischer Anblick, wie dieser Miniaturvogel von der Größe eines Radiergummis durch seinen extrem schnellen Flügelschlag in der Luft stand wie in einem Zaubertrick.

Zauber- statt Regenwald wäre auch ein passender Ausdruck für diese Region gewesen, fand Mike. Das einfallende, frühe Morgenrot der Sonne, das durch die Baumkronen und den dichten Bewuchs am Boden gebrochen wurde, verlieh dem gesamten Areal einen Anstrich in atemberaubenden, magischen, sehr warmen Farben. Sie vermittelten einem das gefährlich falsche Gefühl, hier so geborgen und aufgehoben zu sein wie sonst nirgends auf der Welt. Mike atmete tief die feuchte Waldluft und seinen besonderen Duft ein, bevor er einen weiteren Schritt hinaus wagte.

Er schaute hoch in die Baumkronen, die vielleicht vierzig, fünfzig Meter oder noch höher über ihm thronten.

Matti war der Zweite, der die Augen aufschlug. Gefolgt von Gabriel, der ähnlich wie ein Hund die Augen öffnete und sofort hellwach den Kopf hob. Er sprang auf die Beine und stürzte Richtung Tür, doch sein schmerzender Kopf bremste ihn etwas ab. Er tastete seinen Schädel mit der Hand ab, aber es blieb kein Blut daran kleben.

»Blute ich noch?«, fragte er sicherheitshalber seinen Bruder, der ihm Entwarnung gab.

»Nee. Dein Verband sieht gut aus!«

Elly brauchte naturgemäß länger. Wie immer am Morgen. Sie öffnete nur langsam die Augen, brauchte eine kleine Weile, um sich zu besinnen, sich zu erinnern und zu begreifen, was geschehen war und wo sie sich befand. Dann erst hob sie den Kopf und wollte fragen, was los war. Aber da waren die drei Jungs schon längst nicht mehr im Flugzeug.

Plötzlich spitze Mike die Ohren. »War da was? Ein Motor?«

Doch er täuschte sich. Von einem Flugzeug war weit und breit nichts zu hören. Und zu sehen sowieso nicht. Ihr Blick reichte bestenfalls zehn Meter weit, dann endete er in wilden Gewächsen, Büschen, Bäumen und Gestrüpp. Vielleicht kam nur hundert Meter weiter schon eine Lichtung, eine Baustelle, das Dorf eines Indianerstamms. Vielleicht lag alles aber auch Hunderte Kilometer von ihnen entfernt. Sie hatten nach wie vor nicht die geringste Ahnung, wo sie sich befanden.

Elly fing an, das wenige Hab und Gut, das sie aus Luiz' Taschen gezogen hatten, zu sortieren: sein Portemonnaie mit Ausweispapieren und ein wenig Bargeld. Mit alldem konnten sie hier nichts anfangen. Trotzdem bewahrten sie es auf. Mike steckte es in seinen Rucksack. Immerhin ein Taschenmesser, das Elly an sich nahm, weil sie die Einzige war, die bisher kein Messer bei sich trug. Luiz' Handy, dessen Akku aber zur Hälfte leer war und das hier im Regenwald auch keinen Empfang zeigte. Außerdem war es ein so altes Modell, dass es kaum weitere Funktionen aufwies. Es war nicht mal ein Smartphone, sondern noch ein uraltes Handy, das aus einer Zeit stammen musste, in der die vier Kinder noch nicht einmal geboren gewesen waren. Das Einzige, was sie zur Verfügung hatten und nutzen konnten, war der Kompass in Mattis Smartphone. Aber die Himmelsrichtungen hätten sie auch an der Sonne ablesen können. Insofern nützte ihnen das hochmoderne Smartphone hier auch nichts – bestenfalls als Fotoapparat.

Ansonsten hatte Luiz noch seinen Hausschlüssel in der Tasche gehabt, eine Packung Papiertaschentücher, ein Brillentuch, und das war's. Eine äußerst magere Ausbeute.

»Der hatte ja noch weniger bei sich als du«, bemerkte Mike gegenüber seiner Schwester. Die einzigen Schokoriegel, die Luiz bei sich getragen hatte, hatten sich die Affen geholt. Was Elly daran erinnerte, welch fürchterlichen Hunger sie hatte. Sie schaute sich um. Einige der Sträucher trugen lecker aussehende Früchte und Nüsse. Aber keine davon kannte sie, und so wusste sie auch nicht, welche genießbar waren und welche giftig. Aber die Affen wussten das!

Elly beobachtete genau, an welchen Bäumen die sich zu schaffen machten. Früchte, die den Affen bekamen, würden doch mit hoher Wahrscheinlichkeit auch für den Menschen genießbar sein, überlegte sie. Das Problem war nur: Die Früchte, die die Affen sich reinschaufelten, hingen für sie viel zu hoch!

Doch dann zeigte Matti auf einen seltsam geformten Hügel. Er sah ein bisschen so aus, als hätte man versucht, am Ostseestrand aus Sand eine Modell-Hochhaussiedlung zu bauen.

»Termiten!«, rief Matti begeistert.

Auch Gabriels Gesicht hellte sich auf. Mike und Elly hingegen hielten sich zurück. Sie fragten sich, was an Termiten so toll sein sollte. Im Gegenteil: Mike hätte sich am liebsten gleich in Sicherheit gebracht. Termiten, das wusste er, waren große Ameisen. Und schon nor-

TERMITEN

Termiten sind Insekten, die wie Ameisen in Staaten leben. In der Regel wachsen Termiten zu einer Größe von 2 bis 20 Millimetern heran. Ein Termitenstaat kann aus vielen Millionen Tieren bestehen. Die Termiten leben in dauerhaften Nestern in der Erde, in verrottetem oder frischem Holz, in Termitenhügeln oder in Kartonnestern, die sich in Bäumen befinden.

Für zahlreiche Menschen in Afrika, Asien und Lateinamerika gehören Insekten zu den alltäglichen Nahrungsmitteln. Sie sind eiweißreich und dienen oft als Ersatz für Rinder-, Schweine- oder Geflügelfleisch. Neben Grillen, Heuschrecken und anderen Insekten können auch Termitenlarven verzehrt werden. Die Insekten werden sonnengetrocknet, in ein wenig Öl gebraten und dann gestampft, um einen weichen Brei zuzubereiten.

Termiten angeln

Wie kann man diese Fluginsekten fangen, wenn man keine Geräte wie Schaufel o. Ä. hat? Nichts einfacher als das. Vorausgesetzt, du kennst diesen Trick:

Suche einen dünnen, geraden Stock, und bohre ihn in den Termitenhügel. Dein Stock ist ein Fremdkörper für die Termiten. Darum versuchen sie, ihn wegzubeißen, wobei sie sich in das Holz verbeißen. Nun kannst du den Stock mit den Termiten herausziehen. Streife die Termiten in einen Behälter ab, und wiederhole den Vorgang. Denn um satt zu werden, brauchst du eine ganze Menge.

male Ameisen konnten entsetzlich beißen. Das hatte er mal zu spüren bekommen, als er einen Ameisenhügel im Wald zu spät gesehen hatte. Er war nur froh, dass der Termitenhügel weit genug vom Flugzeug entfernt war, so dass sie in der Nacht nicht von einer ganzen Termitenarmee belästigt worden waren.

»Lasst uns die Larven ausgraben und auf dem Feuer braten!«, schlug Matti vor.

Mike glaubte, sich verhört zu haben.

Auch Elly quiekte entsetzt auf: »Das ist nicht dein Ernst!«

»Sie schmecken gut. Das verspreche ich dir. Gabriel und ich haben mal welche probiert. Während eines Schulausflugs, bei dem wir auch zwei Yanomami-Indianer getroffen haben, die uns von ihrem Leben im Regenwald erzählt haben und weshalb man ihre Reservate und Dörfer schützen muss und so weiter. Na ja, und dabei haben sie uns gebratene Termitenlarven zu essen gegeben. Die Hälfte der Klasse hat sich erst nicht getraut, sie zu essen. Aber dann waren sie total lecker. Und nahrhaft sind sie sowieso. Also los!«

Matti hatte sich regelrecht in Begeisterung geredet, wohl, weil er froh war, hier in der unbekannten Wildnis des Regenwalds etwas entdeckt zu haben, das er kannte und das man essen konnte.

Elly und Mike schauten sich an. Mike konnte die Skepsis im Gesicht seiner Schwester erkennen. Matti aber hatte sich schon den Klappspaten geschnappt und war bereit loszulegen.

»Leider weiß ich nicht genau, wie man am besten an die Larven herankommt!«, rief er den anderen zu. »Wir hatten sie ja von den Indianern schon zubereitet bekommen. Ich denke, ich grabe sie aus, werfe sie auf deine Plane, Mike, und dann müsst ihr sie aus der Erde und so weiter raussortieren. Den Rest können wir dann einfach von der Plane abschütteln.«

»Okay!«, antwortete Mike und breitete seine Plane aus, allerdings nur auf die Hälfte ihrer eigentlichen Größe.

Gabriel sah sich nach einem geeigneten Gefäß um.

»Wir haben überhaupt kein Geschirr, in dem wir uns etwas zu essen machen können«, stellte er fest.

Matti, der gerade den ersten Spatenstich in den Hügel setzen wollte, hielt inne.

»Mist! Da hast du recht!«

Er ließ seinen Blick kreisen, als stünde er in einem Kaufhaus und müsste sich in den Regalen mit lauter Haushaltswaren nur aussuchen, welche Pfanne am geeignetsten wäre. Doch das Gegenteil war der Fall: Er entdeckte überhaupt nichts, was als Pfanne oder Topf in Frage gekommen wäre.

Dann fiel Mike etwas ein.

»Luiz' Werkzeugkiste!«, rief er. »Die ist doch aus Metall! Wenn wir den Deckel abschrauben, haben wir eine Metallplatte, die wir wie einen Grill benutzen können!«

»Genial!«, lobte Matti. Und stach den Spaten endlich in den Termitenhügel, während Mike sich einen Schraubenzieher aus der Werkzeugkiste schnappte und begann, den Deckel abzumontieren.

Gabriel und Elly sortierten die Larven aus dem Erdhaufen, den Matti ihnen auf die Plane warf. Elly musste sich immer noch stark überwinden, die Larven überhaupt anzufassen. Sie konnte sich beim besten Willen nicht vorstellen, die auch noch zu essen! Dennoch fragte sie tapfer: »Wie viele brauchen wir denn, um satt zu werden?« Die Larven waren zwar deutlich größer, als sie es von Ameisen kannte, aber recht klein waren sie dennoch.

»Keine Ahnung!«, rief Matti ihr zu. »Ein Pfund sollte es schon sein, oder?«

»Ein Pfund?«, fragte Elly erneut. »Wie viel ist denn ein Pfund?! Denkst du, ich habe hier eine Waage?«

»Na ja, aber einzeln abzählen willst du sie ja wohl auch nicht. Also, was weiß ich. Für jeden eine Handvoll oder so!«

Elly verzog erneut das Gesicht. Eine Handvoll! Sie hatte nicht vor, so viele Termitenlarven auf einmal in die Hand zu nehmen. Sehnsüchtig ließ sie den Blick nach oben schweifen, wo einige Äffchen sich über die Nüsse und Früchte in den Bäumen hermachten. Einige schauten so mitleidsvoll auf Elly hinunter, dass es sie nicht gewundert hätte, wenn die Äffchen ihr wie bei einer Fütterung im Zoo ein paar Nüsschen zugeworfen hätten.

»Damit wir sie nicht pur essen müssen, könnten wir noch Maniokwurzeln suchen!«, schlug Gabriel vor. »Die machen satt, dann brauchen wir nicht so viele Larven!«

»O ja!«, stimmte Elly sofort begeistert zu. Sie hatte zwar keine Ahnung, was Maniokwurzeln waren, aber Wurzeln klangen gut, fand sie. Es hörte sich nach leckerem Gemüse an, auf jeden Fall besser als Krabbeltiere.

Allerdings stellten sie die Wurzeln vor das nächste Problem. Zwar konnte man die Wurzeln zubereiten wie Kartoffeln, also wahlweise braten, kochen und sogar gekocht zu einem Brei stampfen, ähnlich wie Kartoffelpüree. Aber neben den Larven fanden nicht genügend Maniokwurzeln Platz auf der Metallplatte.

»Das Beste wäre, die Wurzeln zu schälen, in kleine Würfel zu schneiden und sie zu kochen«, schlug Matti vor. »Dann können wir genug davon machen, dass wir alle satt werden.«

Es fehlte allerdings ein Topf. Außerdem hatte es auch noch nicht geregnet, und so mussten sie entscheiden, wie viel ihres kostbaren Trinkwassers sie opfern wollten, um die Wurzeln weichzukochen.

MANIOKWURZELN

Die **Maniokwurzel** stammt vom Cassave-Strauch. Die Wurzeln werden bis zu 100 Zentimeter lang und 20 Zentimeter dick. Es sind Knollen mit rotbrauner Schale, deren Fruchtfleisch mit vielen weißen Milchröhren durchzogen ist. Für uns Europäer sieht das etwas seltsam aus.

Aber in einigen Erdteilen dient die Maniokwurzel als Grundnahrungsmittel. Sie sollte immer erhitzt werden, bevor man sie isst. Die Knolle ist in Afrika, der Karibik, Indien, Asien und in Südamerika so beliebt wie bei uns die Kartoffel. Oft wird sie zu Mehl verarbeitet und dann als Brei zubereitet. Außerdem kann man sie nach dem Kochen auch frittieren wie Pommes frites. Roh sind die Wurzeln nicht genießbar, ihr hoher Anteil an Blausäure kann körperliche Schäden verursachen. Die Samen einiger Sorten wirken als Abführmittel und verursachen Brechreiz.

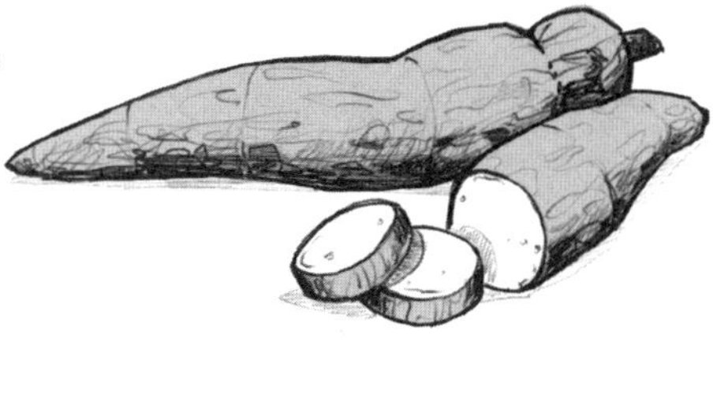

WELCHE PFLANZEN SIND ESSBAR?

Es gibt nur wenige Pflanzen, die so, wie sie sind, verzehrt werden können. Außerdem beschränkt sich der genießbare Teil oft auf Wurzel, Blatt, Polle, Nektar oder Knolle.

Tipp: Meide Pflanzen mit milchigem und seifigem Saft oder leuchtenden Farben, dies sind natürliche Warnhinweise!

Achtung! Selbst Pflanzen, von denen du glaubst, dass du sie kennst, können giftig sein! Vielleicht haben sie einfach nur große Ähnlichkeit mit einer Pflanze, die du kennst.

Eine dir unbekannte Pflanze solltest du auf jeden Fall zuerst kochen, garen oder grillen. Nimm dann testweise ein ganz kleines Stück davon in den Mund. Wenn es brennt oder bitter, ätzend oder unangenehm schmeckt, wirf die Pflanze weg. Wenn nicht, schlucke das Stückchen runter und – wichtig – warte acht Stunden. Wenn sich in dieser Zeit keine negativen Nebenwirkungen wie Durchfall, Erbrechen oder Übelkeit zeigen, iss eine kleine Handvoll. Wenn es dir nach weiteren acht Stunden nicht schlechtgeht, kannst du die Pflanze essen.

WICHTIG! Wenn nach Verzehr der Probe eine Reaktion auftritt:

- Versuche, zu erbrechen
- Trinke viel Wasser (möglichst warm)

Zwei Messerspitzen zerstoßene Holzkohle und Asche können, mit Wasser zu einer Paste verrührt, die Giftstoffe binden und Magenschmerzen lindern.

Gabriel legte seinen Haufen gesammelter Maniokwurzeln beiseite.

»O Mann!«, jammerte er. »Können wir sie nicht einfach roh essen, so wie Karotten?«

Sein Bruder schaute ihn fassungslos an und schimpfte: »Spinnst du? Du kennst doch Maniokwurzeln, oder nicht? Sie enthalten viel Blausäure und sind deshalb giftig. Gekocht oder gebraten aber verschwinden die Giftstoffe. Also zubereiten müssen wir sie schon. Aber wir haben keinen Topf.«

Mike jedoch zog sein Survival-Buch hervor, blätterte darin und jubelte: »Ich hab was gefunden! Hier steht, wie man ohne Topf kochen kann!«

Elly stöhnte. Das klang nach viel zu viel Arbeit. »Wollen wir sie nicht doch lieber braten?«, fragte sie. Ihr Magen hing schon in der Kniekehle, da wollte sie nicht noch mehr Zeit darauf verwenden, irgendwelche Erdlöcher zu buddeln.

»Wir machen einfach beides!«, empfahl Mike. »So sehen wir auch gleich, was schneller geht: kochen oder braten.«

»Und was besser schmeckt«, fügte Gabriel an. »Ich mag sie nämlich lieber gebraten.«

»Okay, also beides!«, stimmte Matti zu.

Gabriel und Elly nickten. Wenngleich Elly tief seufzte. Sie konnte sich nicht erinnern, schon mal so hungrig gewesen zu sein.

KOCHEN OHNE TOPF UND PFANNE

Es gibt verschiedene Möglichkeiten, wie man ohne Kochgeschirr kochen kann. Hier lernst du beispielhaft zwei kennen:

1. Kochen in einer Erdmulde

a) Hebe eine kleine Mulde in der Erde aus.
b) Lege die Mulde mit Folie, Leder o. Ä. aus.
c) Bedecke sie dann mit Kieselsteinen.
d) Fülle Wasser in die Mulde und gib Nahrungsmittel hinein.
e) Erhitze Steine im Feuer, sie sollten ungefähr die Größe einer Faust haben.
f) Lege die heißen Steine mit Astgabeln in das Wasser, bis dieses Bläschen bildet und kocht.
g) Wenn du nur Wasser abkochst, lasse es ein paar Minuten kochen. Wenn du Nahrungsmittel hinzugegeben hast, koche alles, bis die Nahrungsmittel weich geworden sind.

Achtung! Wenn das Kochwasser abgekühlt ist, solltest du es möglichst sofort trinken. Es enthält wertvolle Nährstoffe der Nahrungsmittel, die darin gekocht wurden. Ausnahme: Eines der Nahrungsmittel enthielt Giftstoffe (wie zum Beispiel die Maniokwurzel).

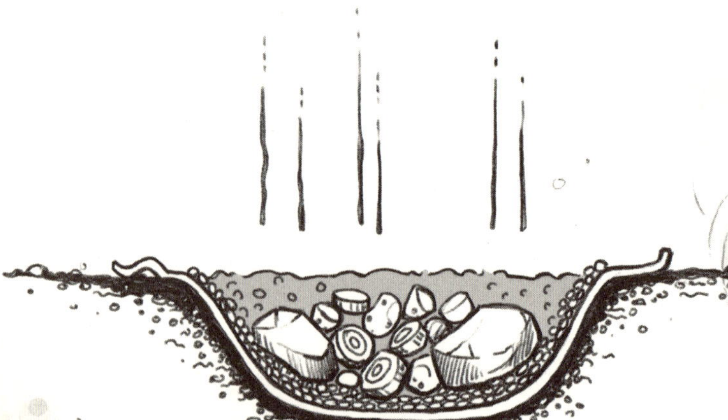

2. Garen mit Dampf

Da es hohl und in Segmente aufgeteilt ist, ist ein Bambusrohr ein idealer Dampfkocher. So geht's:

a) Schneide drei vollständige Segmente des Rohrs am Stück ab.
b) Lasse die untere Scheidewand unberührt, durchlöchere die anderen beiden Querwände.
c) Fülle Wasser in den unteren Bereich ein.
d) Lege das Kochgut in den oberen Teil.
e) Schließe das Ganze mit Gras und einem Deckel aus Bambusholz.
f) Platziere das Rohr mit dem unteren Teil schräg über einem Feuer.
g) Bringe das Wasser zum Kochen.
h) Der Dampf steigt durch die Löcher zum Kochgut auf.

»Übrigens«, lächelte Matti sie an. »Maniokwurzeln schmecken leicht süßlich!«

Sofort hellte sich Ellys Miene auf, und sie begann mit den anderen, nach Mikes Anweisung eine Mulde auszuheben, während Gabriel und Matti passende Steine suchten.

Nach einer knappen Stunde mühseliger Arbeit – Larven ausgraben, aussortieren, Maniokwurzeln suchen, abschaben und schälen, ein neues kleines Feuer errichten, abseits von den noch immer vor sich hin kokelnden Leichenteilen, ein kleines Gestell bauen, um die Metallplatte über dem Feuer aufzubauen, die Maniokwurzeln schälen und kleinschneiden, das Bauen des »Kochtopfs«, das Erhitzen der Steine, die heißen Steine ohne vernünftiges Besteck wie Grillzange oder Ähnliches aus dem Feuer herausfischen und in das Wasser legen, warten, bis das Wasser kocht, und dann endlich das Grillen der Termitenlarven und das Weichkochen und Braten der Maniokwurzeln – rief Matti endlich: »Ich glaube, das Essen ist fertig.«

Er angelte sich eine Messerspitze voll gerösteter Termitenlarven, pustete, damit er sich nicht die Zunge an ihnen verbrannte, und schob sie sich in den Mund. Dazu spießte er eine halbwegs weichgekochte Maniokwurzel aus der siedenden Brühe, aß sie dazu und strahlte die anderen an: »Lecker! Wir sollten vielleicht ein Restaurant eröffnen!«

Gabriel ließ sich diese Einladung zum Essen nicht zweimal aussprechen. Auf die gleiche Weise wie sein älterer Bruder nahm er sich ein paar Larven, dazu gebratene Wurzeln und kaute genüsslich.

Elly zögerte. Trotz ihres großen Hungers musste sie sich überwinden, die Termitenlarven zu essen. Obwohl sie geröstet längst nicht mehr so ekelig aussahen wie lebend, sondern eher wie zu kleine, schrumpelige, dunkle Chips. Als Erstes nahm sie sich ein Stück Maniokwurzel, biss vorsichtig hinein und stellte zufrieden fest, dass sie ihr schmeckte.

»Könnten süßer sein«, kommentierte sie. »Aber okay.«

Ansonsten war der Geschmack eher mehlig neutral. Mike mochte deshalb genau wie Gabriel die gebratene Variante lieber. Da die gekochte aber süßlicher schmeckte, bevorzugte Elly diese.

Dann waren Elly und Mike an der Reihe, die Larven zu probieren. Elly nahm sich nur eine kleine Messerspitze, schloss die Augen und leckte eher vorsichtig daran, als dass sie wirklich kaute. Doch der erste Geschmack überraschte sie.

»Ich stelle mir vor, es sind Kartoffelchips!«, verkündete sie und schob sich nun eine ganze Messerspitze voll in den Mund, allerdings gefolgt von einer großen Portion Wurzeln. Mit einem wohligen Gefühl stellte sie fest, dass ihr Hunger gestillt wurde.

»Das Kochwasser sollten wir aufbewahren«, schlug Mike vor. »Nicht zum Trinken. Aber wir können nochmals darin kochen. Dann brauchen wir heute Abend kein weiteres Trinkwasser zu verschwenden.«

»Gute Idee«, lobte Matti. »Obwohl du sicher sein kannst, dass es heute Nachmittag regnen wird.«

Nach diesem ausführlichen, warmen Frühstück fühlten die vier sich stark genug, den Aufbruch vorzubereiten. Denn wie sie schon befürchtet hatten, war den ganzen Vormittag kein Flugzeug über die Baumkronen geflogen.

»Ich bin sicher, die suchen uns«, sagte Elly. »Aber vermutlich ganz woanders.«

»Lasst uns alles zusammentragen, was wir brauchen können«, sagte Matti. »Dann überlegen wir, was davon wir mitnehmen können. Zu viel Gewicht sollten wir auch nicht bei uns tragen. Wenn wir Pech haben, werden wir ein bis zwei Wochen auf uns allein gestellt durch den Regenwald wandern müssen, ehe wir auf Menschen oder einen Fluss treffen.«

»So lange?«, fragte Elly erschrocken.

»Ja«, antwortete Matti. »Vielleicht sind Menschen viel näher dran, aber wir wissen nicht, ob wir auf sie zugehen oder uns von ihnen wegbewegen. Wir wissen nicht einmal, in welche Himmelsrichtung wir tiefer in den Wald hineinlaufen, statt Richtung Rand zu gehen. Und wir wissen nicht einmal, wie tief wir im Regenwald drinnen sind. Wir sind zu hundert Prozent auf Glück und Zufall angewiesen.«

Elly verzog frustriert das Gesicht. Mike dachte bei sich: Vielleicht dauert es viel länger als ein paar Wochen. Und vielleicht schaffen wir es überhaupt nicht und werden hier im Regenwald umkommen. Das sagte er aber nicht laut, um seine jüngere Schwester nicht noch mehr zu beunruhigen. Obwohl er sicher war, dass Elly ähnliche Gedanken hatte wie er.

Aufbruch

Es fiel ihnen schwer, zu entscheiden, was von ihrem ohnehin wenigen Hab und Gut sie zurücklassen sollten. Sobald sie etwas aussortierten, fielen ihnen sofort Situationen ein, in denen das Teil überlebenswichtig sein konnte. Ein Schraubenschlüssel aus dem Werkzeugkasten zum Beispiel. Erst waren sich alle vier einig, dass man den nicht bräuchte. Es war nicht davon auszugehen, dass sie im Regenwald auf irgendwelche Schrauben und Muttern treffen würden. Doch dann fiel Gabriel ein, dass so ein massiver Schraubenschlüssel eigentlich sowohl eine gute Waffe wie auch ein Schlagwerkzeug darstellte, mit dem man etwas zerkleinern oder knacken könnte; Nüsse oder Ähnliches. Es gab zwar auch einen Hammer, den sie auf jeden Fall mitnehmen würden, aber eben nur einen einzigen.

»Was, wenn der kaputt- oder verlorengeht?«, fragte Gabriel die anderen.

Nach einer kurzen Diskussion entschieden sie sich, von den fünf Schraubenschlüsseln aus dem Kasten den größten mitzunehmen.

Matti legte also den Hammer und den Schraubenschlüssel auf die Seite. Hinzu kamen zwei Schraubenzieher, eine Kneifzange und eine Kombizange, eine kleine Handsäge, etwas Draht, eine Handvoll Nägel. Den Rest, wie Zündkerzenschlüssel oder Wasserwaage, ließen sie zurück.

Ansonsten gab das Flugzeug nicht viel mehr her. Selbst ihre wertvolle Metallplatte, die sie als Grill verwendet hatten, kam ihnen zu schwer vor, um sie mitzuschleppen. Als besonders wertvoll betrachteten sie hingegen die Schwimmwesten, von denen jeder eine hatte. Von den Armaturen konnten sie nichts gebrauchen außer ein paar Drähten, die sie herausschnitten und mitnahmen. Außerdem Luiz' Lesebrille, die sie als Brennglas nutzen konnten, um Feuer zu machen. Auch hätten sie gern den vollen Benzinkanister mitgenommen, aber der erschien ihnen dann doch zu groß, zu unhandlich und zu schwer. Stattdessen füllten sie Luiz' Trinkflasche mit Benzin. So hatten sie wenigstens etwas Brennbares bei sich. Die zwei Decken nahmen sie natürlich mit, zusätzlich schnitten sie sich aus den Sitzen handliche Kissen heraus. Sie fanden noch ein langes Seil und –

»Wow! Seht mal hier!«, rief Gabriel, als er das Cockpit durchsuchte. Er hatte eine Klappe geöffnet, ganz ähnlich wie ein Handschuhfach, und zog einen Revolver hervor! »Ein echter, alter Revolver. Mit einem Trommellauf. Wie bei Indiana Jones!«

Ehrfürchtig bestaunten die drei anderen Gabriels Fund.

Nicht nur Mike wurde unwohl bei dem Gedanken, solch eine tödliche Waffe mit sich zu schleppen. Gleichzeitig konnten sich aber alle vier auf Anhieb zahlreiche Situationen vorstellen, in denen sie so ein Ding brauchen konnten. Mike dachte zum Beispiel an Krokodile oder Jaguare. Allerdings: Was hatte Gabriel mal gesagt? »Wenn du einen Jaguar hörst, bist du schon tot.« So sprach man hierzulande wohl über den größten Jäger des Regenwalds.

»Kann denn überhaupt jemand mit so einem Ding umgehen?«, fragte Elly. »Im Film sagen die immer, man muss eine Pistole sichern. Sonst schießt man sich vielleicht aus Versehen ins eigene Bein!«

»Keine Ahnung!«, gestand Gabriel. Schnell legte er das Ding beiseite aus Angst, er könnte versehentlich schießen. Auch Mike hatte noch nie einen echten Revolver in der Hand gehabt. Seine Schreckschusspistole mit Knallplätzchen, die er zu Hause hatte, musste man jedenfalls nicht sichern.

Nur Matti behauptete: »Ich glaube, Revolver haben keine Sicherung. Hab ich mal irgendwo gehört.« Er nahm den Revolver und betrachtete ihn vorsichtig. »Kann doch eigentlich nicht so schwer sein!«

Elly riss die Augen auf: »Kann nicht so schwer sein? Bist du verrückt? Du kannst uns damit umbringen, wenn du keine Ahnung hast!«

»Gibt es denn überhaupt Munition?«, fragte Matti zurück.

Gabriel fasste in das offene Fach und zog ein Päckchen Patronen heraus.

»100 shots« stand auf der Packung. Und sie war noch voll. Luiz schien seine Waffe lange nicht oder vielleicht auch noch nie benutzt zu haben.

Matti ging mit dem Revolver hinaus. Die anderen folgten ihm. Es gelang Matti, die Trommel zu öffnen. Anschließend holte er eine Patrone aus der Packung und lud die Waffe. Dann streckte er den Arm weit von sich …

»Vorsicht!«, warnte Elly. »Nicht, dass sie unkontrolliert losgeht.«

»Ich glaub, ich hab's!«, sagte Matti.

Er zog den Hahn mit dem Schlagbolzen nach hinten und drückte ab.

Es löste sich ein lauter Schuss. Der Rückschlag war heftiger, als Matti vermutet hatte, wodurch er den Revolver stark verzog.

Mike, Elly und Gabriel zuckten zusammen. Am meisten aber erschrak Matti selbst.

»Mann, ich sag noch, pass auf!«, brüllte Elly. »Bist du wahnsinnig?«

»Nichts passiert«, verteidigte sich Matti. »Ich hab sie doch extra weggehalten.«

»Du hast das Flugzeug getroffen!«, rief Gabriel. »Da!« Er zeigte auf den Rumpf des zerbrochenen Fliegers, wo er das Einschussloch zu erkennen glaubte.

Elly wurde bleich. »Ins Flugzeug?«, stammelte sie. »Was, wenn du den Tank getroffen hättest? Dann wären wir hier alle in die Luft geflogen oder wie?«

Auch Matti musste zweimal schlucken, ehe er leise herausbrachte: »O Scheiße!«

»Mensch, leg bloß das Ding weg!«, forderte Elly.

»Ich weiß jetzt, wie sie funktioniert«, behauptete Matti. »Ich muss sie mit zwei Händen halten.«

Gerade wollte er einen zweiten Versuch unternehmen.

»Hör auf!«, fuhr Elly ihn an. »Nimm die Waffe weg!«

»Schon gut!«, gab Matti nach. »Ich stecke sie in meinen Rucksack. Okay?«

Mike und Gabriel nickten.

Elly drehte sich zufrieden um und ging zurück ins Flugzeug, um nachzusehen, was sie noch brauchen konnten.

»Hatte Luiz keinen Fallschirm?«, fragte sie. »Davon könnten wir den Stoff sicher gut brauchen.«

»Nein!«, rief Gabriel zu ihr hinein. »Dafür fliegen die hier im Regenwald zu niedrig. Ein Fallschirm würde ihnen nichts nützen.«

Er folgte ihr ins Flugzeug hinein.

Elly hockte zwischen den halbzerstörten Pilotensitzen.

»Dann können wir hier wohl nichts mehr brauchen«, schätzte sie. »Leider weit und breit kein Kochgeschirr, kein Campingkocher oder so etwas. Kein Besteck. Keine Becher. Nichts.«

»Na ja«, räumte Gabriel ein. »Das ist ja kein Charterflugzeug für den Strandurlaub. Mit Tomatensaft und Schnittchen an Bord.«

»Leider!«, seufzte Elly. »Und einem ganzen Verkaufswagen voll mit Schokolade.«

Gabriel lächelte sie an. »Mike hatte mir vor dem Abflug schon erzählt, wie gern du Schokolade isst.«

Elly fasste neue Hoffnung. »Sag bloß, du hast eine Tafel dabei und nur die ganze Zeit nichts davon erzählt?«

Gabriel schüttelte bedauernd den Kopf. »Leider nicht. Ich wünschte, es wäre so. Ich hätte dich jetzt gern mit einer Tafel überrascht.«

Elly ließ die angespannten Schultern wieder sinken. Was für eine Enttäuschung!

»Aber ich hab etwas anderes für dich!«, versprach Gabriel. »Komm mal mit raus.«

Elly zog die Stirn kraus. Was konnte es sein, das er ihr zeigen wollte?

Gabriel blieb nach einigen Metern an einem Strauch stehen. »Siehst du?«

Elly sah nichts außer einen seltsamen Strauch, der eher einem Baum glich; einige Meter hoch, mit grünen Blättern, die sie noch nie gesehen hatte, die aber auch nicht besonders aussahen. Im Gegensatz zu den seltsamen rötlichen Früchten daran, die von der Form und Größe her mit Rugby-Bällen vergleichbar waren, deren Aussehen aber keinen Hinweis darauf gaben, ob sie etwas Nussartiges oder eher etwas Erfrischendes, wie Zitrusfrüchte, darstellten.

»Das hab ich noch nie gesehen! Was ist das?«, fragte sie.

»O doch, das kennst du sehr gut«, antwortete Gabriel. Er grinste und pflückte eine dicke Frucht ab. Mit seinem Fahrtenmesser halbierte er sie der Länge nach.

»Probier!«

In das weiße, äußerst feste Fruchtfleisch war eine Reihe von Kernen – etwa doppelt so groß wie Mandelkerne – hineingepresst. Selbst mit dem Messer hatte Gabriel Schwierigkeiten, sie herauszupulen. Er legte eine in Ellys Hand, die vorsichtig daran roch und leckte.

»Schmeckt fruchtig, nach Litschi, oder?«, fragte Gabriel nach.

Was Elly bestätigen konnte, nachdem sie sich getraut hatte, ein Stück von dem Kern abzubeißen und zu zerkauen.

»Und ein bisschen nach Minze«, stellte sie überrascht fest. »Allerdings auch ein bisschen schokoladig. Was ist das? Eine Art Tee oder so?«

Gabriel lachte. »Tee? Nee! Das sind Kakaobohnen!«

»Kakao?« Elly betrachtete ungläubig die angebissene Bohne in ihrer Hand. »So hab ich mir Kakao noch nie vorgestellt!«

»Das Beste ist«, erläuterte Gabriel, »roher Kakao enthält eine Reihe von wirksamen Nähstoffen wie Magnesium, Calcium, Eisen, gesundes Fett und etliche Antioxidantien.«

»Anti… was?«

»Antioxidantien. So nennt man Stoffe, die gegen Krankheiten schützen«, erläuterte Gabriel.

»Dann ist Schokolade essen wirklich gesund?«, fragte Elly. Ein hoffnungsvolles Lächeln zog sich über ihr Gesicht. »Hab ich ja immer gesagt!«

Gabriel schmunzelte. »Im Prinzip hast du recht. Allerdings: Je mehr Kakao bearbeitet wird, desto mehr geht von den gesunden Nährstoffen verloren. Am Ende bleibt oft nur ungesunder Zucker, sagt mein Vater immer. Aber dieser rohe Kakao hier ist für uns Fitnessriegel und Medizin in einem. Und: Der Verzehr von rohem Kakao wirkt auch aufs Gehirn und verschafft

KAKAOBOHNEN

Der Kakaobaum trägt Spaltkapselfrüchte mit Samen. Im Allgemeinen werden sie als **Kakaobohnen** bezeichnet. In jeder Frucht befinden sich circa 50 Bohnen, ummantelt von Fruchtfleisch. Die Bohnen werden getrocknet und zur Weiterverarbeitung geröstet.

Wissenschaftler fanden über 1200 chemische Bestandteile in Kakao. Unter anderem Theobromin. Das ist ein anregender Stoff, der dazu führt, dass man besonders lang wach ist. Er wirkt ähnlich wie Koffein im Kaffee, nur milder und gleichmäßiger.

In den Anbauländern werden die Kakaofrüchte sehr gern von den Einheimischen frisch vom Baum gegessen, denn zusätzlich zum erfrischenden Geschmack sind sie auch äußerst gesund und nährstoffreich. Schon die Azteken brauten sich im 14. Jahrhundert aus dem zuckerhaltigen Fruchtfleisch ein Getränk, eine Mischung aus Wasser, Kakao, Mais, Vanille und Cayennepfeffer. Sie benannten es in Anlehnung eines Gottes »Xocóatl«, woraus später unser Begriff Schokolade wurde.

einem Glücksgefühl und Wohlbefinden. Wir sollten einen kleinen Vorrat davon mitnehmen.«

»Wieso denn nur einen kleinen?«, wollte Elly wissen. Wenn die doch so wertvoll waren?

»Weil Kakao hier vermutlich überall wächst«, sagte Gabriel. »Der Regenwald ist wie Paradies und Hölle zusammen. Wertvolle und höchst giftige Pflanzen und Tiere leben dicht beieinander. Sagt auch mein Papa. Aber Kakao gehört zum Paradies.«

»Okay!« Elly steckte sich nun gleich drei Bohnen auf einmal in den Mund. »Mal gucken, wie glücklich ich werde!«

»Wir sind so weit!« Matti kam auf sie zu. Sein Rucksack war prall gefüllt. Ebenso wie seine Hosentaschen. An seinem Gürtel hingen Messer, Hammer, Schraubenschlüssel und eine Taschenlampe. Aus Luiz' Hemd hatte er sich Stoff herausgeschnitten und ihn sich wie ein Piratentuch um den Kopf gewickelt.

»Würde ich euch auch raten«, sagte er. »Man weiß nie, welche Tierchen einem von den Bäumen auf den Kopf fallen. Ich hab keine Lust, dass sich irgendein Insekt oder Wurm in meiner Kopfhaut einnistet.«

»Uähh!«, stöhnte Elly. »Erzähl nicht solche Horrorstorys.«

Matti reichte ihr ein großes Stück Stoff. »Hier, wickle das um deinen Kopf.«

Gabriel zog eine zusammengerollte Baseballkappe

aus seiner Hosentasche und setzte sie auf. Mike trug gar einen Lederhut, wie Elly ihn nur von Indiana Jones kannte. »Wo hast du denn den her?«, fragte sie. Doch dann fiel es ihr selbst wieder ein. Den Hut hatte Luiz getragen. Bei dem Unglück war er ihm vom Kopf gefallen. Mike hatte ihn unterhalb des Baumes, in dem Luiz hängen geblieben war, gefunden.

»Der Hut ist ein echter Glücksfall«, kommentierte Matti. »Denn mit ihm können wir auch Wasser schöpfen oder Beeren sammeln.«

»Okay!«, verkündete Elly. »Ich bin auch bereit.«

Noch einmal schauten alle aufs zerstörte Flugzeug, dann machten sie sich auf den Weg.

»Wartet!«, bat Mike. »In welche Richtung gehen wir?«

»Wir sind in Manaus gestartet und Richtung Norden geflogen, zum *Amazon Aqua Park*«, antwortete Matti. »Keine weite Strecke: gute 180 Kilometer. Nach ungefähr der Hälfte bekam Luiz seinen Herzinfarkt. Dann sind wir abgedriftet. Keine Ahnung, in welche Himmelsrichtung. Aber wir müssen uns irgendwo zwischen Manaus und dem *Aqua Park* befinden. Die Frage ist nur, in welcher Richtung ist es jetzt kürzer zur nächsten Siedlung? Richtung Norden oder zurück nach Süden? Nach Osten hin kommt jedenfalls lange, sehr lange, nichts. Nach Westen kommt irgendwann der Anavilhanas-Nationalpark. Dort würden wir auf

Menschen treffen und wären rund hundert Kilometer von Manaus entfernt. Vielleicht täusche ich mich auch, und wir sind ganz woanders!«

»Was schlägst du denn vor?«, fragte Elly.

»Richtung Norden, zum *Amazon Aqua Park*«, antwortete Matti. »So, wie wir es geplant hatten, nur halt den Rest nicht mit dem Flugzeug, sondern zu Fuß. Aber in Richtung eines bekannten Touristenorts haben wir wohl die größte Chance, hoffentlich bald auf Menschen zu treffen.«

Elly nickte. »Hört sich plausibel an.«

Das fand Mike auch. Er zog seinen Kompass hervor. »Richtung Norden wäre dort entlang«, sagte er und streckte den Arm zum Flugzeug.

Die vier marschierten los, an dem Flugzeugwrack vorbei und dann ins Dickicht des brasilianischen Regenwalds.

Stimmen

Sie kamen nur langsam voran. Es gab keine Wege oder Pfade, die jemand vor ihnen in das Dickicht getreten hätte. Nach jeweils wenigen Schritten standen sie erneut vor grünen Wänden, durch die nie zuvor jemand gegangen war und von denen sie nicht wussten, was sich hinter ihnen verbarg. Jedes Mal stellte sich die Frage, ob ihr letzter Schritt richtig gewesen war oder ob sie ihn wieder rückgängig machen sollten, um doch lieber einen anderen Weg einzuschlagen. Da sie lediglich Taschen- und Fahrtenmesser bei sich trugen, aber keine einzige Machete, konnten sie sich auch keinen Pfad durch das dichte Gestrüpp freischlagen. Ihnen blieb nichts, als mit bloßen Händen das wirre Geäst der Sträucher und Bäume auseinanderzubiegen, um zu sehen, ob es an dieser Stelle überhaupt ein Durchkommen gab.

Nach einer Stunde beschwerlichen Weges legten sie die erste Pause ein. Immer wieder hatte Mike auf seinem Smartphone nachgesehen, ob seine Sport-App einen GPS-Empfang anzeigte. Vergeblich. Hier draußen unter den Dächern der dichten Baumkronen empfing er weder ein Handyfunk- noch ein GPS-Signal.

»Was meint ihr, wie viel wir in der letzten Stunde geschafft haben?«, fragte er.

»Weiß nicht«, antwortete Matti, der vornweg ging, ohne sich nach ihm umzudrehen. »Einen Kilometer vielleicht?«

»Was?«, quiekte Mike auf. Er hätte fünf bis sechs Kilometer geschätzt.

Während Matti beim nächsten Busch einige Zweige beiseiteschob, um weiterzukommen, erklärte er Mike, dass ein normaler Fußgänger auf einer normalen Straße vielleicht fünf Kilometer in einer Stunde schaffte, aber sie hier im Dickicht des Regenwalds viel langsamer seien. Matti ließ den drei anderen jetzt den Vortritt, ehe er die Zweige wie einen Vorhang wieder schloss und sich erneut an die Spitze der kleinen Reisegruppe setzte.

Wenn Mattis Berechnungen stimmten, lagen mindestens neunzig Kilometer vor ihnen. Das hieß, bei ihrem jetzigen Tempo neunzig Stunden. Wenn sie gut waren, schafften sie es, acht Stunden pro Tag zu gehen. Dann würden sie elf Tage bis zum Ziel brauchen, rechnete sich Mike im Geiste aus. Allerdings vorausgesetzt, sie verliefen sich nicht und verzichteten weitgehend auf Pausen zwischendurch. Realistisch betrachtet mussten sie damit rechnen, vierzehn Tage oder drei Wochen bis zum Ziel zu brauchen. Oder noch schlimmer, ihr Ziel niemals zu erreichen, weil sie eine völlig falsche Richtung eingeschlagen hatten. Und immer vorausgesetzt, dass nichts geschah, was sie unterwegs aufhielt: kein Kampf mit wilden Tieren, keine Krankheit, keine Vergiftung. Nicht einmal, sich den Fuß zu verknacksen, konnten sie sich im Grunde leisten. Jeder Fehltritt konnte sie einige Tage Zeit kosten.

Mike bekam schon jetzt, nach nur einer Stunde Fußmarsch, großen Hunger.

»Ich könnte etwas essen«, gestand er. »Und ihr?«

»Hast du denn etwas?«, fragte Elly.

Mike musste den Kopf schütteln.

»Wir sollten drei Mahlzeiten am Tag einnehmen«, schlug Matti vor. »Denn jede Mahlzeit ist mit einem hohen vorherigen Energieverbrauch verbunden, weil wir unser Essen immer erst suchen müssen. Wir müssen Beeren, Nüsse oder Pilze sammeln, Maniokwurzeln suchen und zubereiten oder Tiere jagen. Das sollten wir nicht öfter pro Tag machen als unbedingt nötig, okay?«

»Okay.« Mike war einverstanden, schlug aber vor: »Dann lasst uns doch *jetzt* suchen, solange wir noch gut bei Kräften sind, und uns vielleicht sogar einen kleinen Vorrat anschaffen. Das ist besser, als erst dann zu suchen, wenn uns allen der Magen schon in der Kniekehle hängt.«

Matti nickte ihm zu. »Guter Vorschlag. Also zwanzig Minuten Pause zur Nahrungssuche!«

Die vier legten ihr Gepäck ab, und Mike erwischte sich bei dem Gedanken, ob sie ihre Sachen einfach so unbeaufsichtigt hier liegen lassen konnten. Was für ein Quatsch! Sie sehnten sich so sehr danach, auf andere Menschen zu treffen, dass ihnen vermutlich sogar ein Taschendieb recht gewesen wäre. Aber es war leider überhaupt nicht damit zu rechnen, hier jemandem zu begegnen.

Das Einzige, worauf sie wirklich achten mussten, war, das Gepäck nicht aus den Augen zu verlieren und es dann möglicherweise nicht wiederzufinden. Mike blieb deshalb zunächst lieber in Sichtweite ihrer ohnehin nicht gerade üppigen Ausrüstung. Er schaute sich um, sah aber weder Beeren noch Nüsse, geschweige denn Pilze.

Nur Elly entdeckte etwas.

»Äh, Matti?«, fragte sie. »Du hattest mir doch von der Bananenspinne erzählt?«

»Ja, und?«, fragte Matti zurück. »Hast du etwa irgendwo Bananen entdeckt?«

»Nein!«, antwortete Elly, ohne sich zu rühren.

Mike fiel auf, dass sie plötzlich stocksteif dastand. So kannte er sie ganz und gar nicht.

»Aber eine Spinne!«, antwortete Elly weiter. Sie bewegte kaum sichtbar ihren Zeigefinger, um auf das etwa zehn Zentimeter große Tier auf ihrem Oberschenkel hinzuweisen. »Ist das etwa …?«

»Nicht bewegen!«, befahl Matti sofort, nachdem auch er die Spinne gesichtet hatte.

»Ist das …?«, wiederholte Elly ängstlich.

»Ja!«, bestätigte Matti in leisem, ruhigem Ton. »Eine Armadeira-Spinne.«

»Mach sie weg! Bitte!«, flehte Elly.

Obwohl Elly starr wie ein Baum dastand und sich keinen Millimeter bewegte – außer, dass sie atmete –, begann die Spinne langsam, aber zielstrebig weiter an ihr hochzukrabbeln.

»O Scheiße!«, stieß Mike aus, was seiner Schwester noch mehr die Angst in die Glieder fahren ließ.

»Wieso?«, fragte sie zitternd. »Was ist?«

»Nichts!«, antwortete Matti schnell. »Alles okay. Nicht bewegen. Wir machen sie weg!«

»Wie denn?« Gabriel schaute sich um. Sie hatten ihr Gepäck etwas abseits auf einen Haufen zusammengelegt. Keiner von ihnen hatte etwas dabei, womit man die Spinne jetzt schnell hätte erlegen können.

Matti warf ihm einen vorwurfsvollen Blick zu, der wohl bedeuten sollte: schlechter Zeitpunkt für die Frage. Denn ganz offensichtlich hatte auch Matti noch keine Idee, wie er die Spinne von Ellys Bein bekommen sollte, ohne sie oder sich selbst in Gefahr zu bringen. Einen Stock oder etwas Ähnliches, womit sie die

Spinne vielleicht hätten fortschleudern können, fand keiner von ihnen. Zum weiteren Suchen fehlte ihnen die Zeit. Sie mussten schnell handeln. Denn die Spinne krabbelte weiter an Elly hoch und war nicht mehr weit von ihrem Gürtel entfernt. Sie mussten um jeden Preis verhindern, dass die Spinne unter Ellys Shirt kroch. Denn von dort konnten sie sie nicht mehr so schnell entfernen, ohne dass die Spinne zubeißen würde.

»Okay!«, sagte Matti – mehr, um sich selbst Mut zuzusprechen. Er riss sich sein Stofftuch vom Kopf, wickelte es dick um seine rechte Hand und beschwor Elly noch einmal eindringlich: »Nicht bewegen!«

Dann schritt er langsam näher an sie heran.

»Was hast du vor?«, fragte Elly.

»Nicht bewegen!«, wiederholte Matti streng. »Halt am besten kurz die Luft an!«

Elly hielt die Luft an, stand regungslos da.

Sehr langsam streckte Matti seine Hand aus, hielt sie nun schräg über die Spinne. Zählte langsam, kaum hörbar, bis drei. Er wusste, er hatte nur einen Versuch. Die Spinne war mit ihren knapp zehn Zentimetern zu klein, um sie voll zu treffen. Er durfte sie aber nicht verfehlen. Wenn er sie nur streifte, statt sie wegzuschlagen, würde sie vermutlich vor Schreck und Panik zubeißen.

»Drei!«

Blitzartig ließ er seinen Arm vorschnellen und fegte

die Spinne mit der äußeren Handfläche von Ellys Bein. Die Spinne flog einige Meter weiter ins Gebüsch.

Elly kniff ihre Augen zusammen, noch immer mit angehaltenem Atem.

»Sie ist weg!«, verkündete Matti und atmete erleichtert auf.

Gabriel hatte zwar den Schlag seines Bruders beobachtet, aber nicht gesehen, ob er die Spinne auch getroffen hatte. »Wirklich?«, fragte er deshalb skeptisch.

»Natürlich wirklich!«, antwortete Matti ihm scharf.

Auch Mike war sich nicht so sicher. Wo steckte die Spinne denn jetzt?

Elly sah an ihrem Bein hinunter. Tatsächlich war von der Spinne nichts mehr zu sehen. Sie atmete auf. Allerdings hatte sie die Spinne auch nicht davonfliegen sehen, weil sie die Augen geschlossen hatte. Deshalb hoffte sie auf die anderen: »Wo ist sie?« Elly schaute um sich herum in der Hoffnung, die tote Spinne zu ihren Füßen liegen zu sehen. Doch da lag nichts.

War sie vielleicht doch noch in der Nähe? Sicherheitshalber trat Elly einige Schritte zurück, doch Matti versicherte ihr noch mal: »Sie ist weg! Wirklich!«

Aber keiner der anderen konnte das bestätigen.

Matti zeigte zu dem Busch, in den die Spinne seiner Meinung nach verschwunden war. »Dort ist sie reingeflogen! Echt jetzt!«

»Reingeflogen?«, hakte Gabriel nach. »Spinnen können doch nicht …«

»Mann!« Matti wurde allmählich ärgerlich. »Durch meinen Schlag natürlich. Ich hab sie von Ellys Bein weggeschlagen. So …« Er wiederholte demonstrativ seine Handbewegung, mit der er die Spinne vom Bein gefegt hatte. »… und dann ist sie im hohen Bogen dort in den Busch geflogen. Schaut doch nach, wenn ihr mir nicht glaubt.«

Gabriel überlegte einen Moment, ob er nicht wirklich nachgucken sollte.

Doch Mike beendete die Debatte. »Kommt, lasst uns weiter!« Ihm war der Appetit vergangen. Insofern brauchten sie jetzt auch keine Nahrung mehr zu suchen. Doch er zögerte, bevor er seinen Rucksack anhob, um ihn sich wieder aufzusetzen. Was, wenn in der Zwischenzeit eine andere Spinne oder ein anderes giftiges Tier in ihre Sachen gekrabbelt war? Oder vielleicht auch diese eine Bananenspinne, weil sie doch nicht in dem Gebüsch gelandet war?

Aber sollten sie jetzt wirklich erst alles aus- und wieder einpacken und untersuchen, bevor sie weiterzogen?

Mike gab sich einen Ruck und begnügte sich damit, seine Tasche nur von außen zu begutachten. Als er nichts Verdächtiges entdeckte, setzte er sich den Rucksack auf den Rücken. Die anderen machten es ebenso. Nach wenigen Minuten waren sie abmarschbereit, ohne auch nur einen Happen gegessen zu haben.

Matti schaute auf seine Uhr. »Wir können sicher sein, dass es in drei bis vier Stunden zu regnen beginnt. Das heißt, wir können jetzt ruhig etwas trinken, sollten aber in spätestens zwei Stunden ein Lager aufschlagen, die Plane aufspannen und etwas zu essen suchen. Okay?«

Die anderen stimmten zu. Und so machten sie sich weiter auf den Weg. Nicht, ohne sich noch ein paar Mal umzusehen, als ob die Spinne ihre Fährte aufnehmen und sie ab jetzt verfolgen würde.

Nur hin und wieder legten sie einen kurzen Stopp ein, um eine seltene Pflanze, einen flatternden Kolibri vor seinem Nest oder ein paar spielende Äffchen in den Bäumen zu bewundern. Wäre die Lage nicht so ernst gewesen, hätte sich der Marsch fast angefühlt wie ein schöner Sonntagsausflug in den Wald.

Mike empfand es als große Erleichterung, tatsächlich immer wieder mal für ein paar Minuten die gefährliche Lage vergessen zu können, in der sie sich befanden. Wenngleich er sich natürlich immer sehr schnell – zu schnell – wieder bewusst wurde, in welch großer Gefahr sie sich befanden. Auf einen wochenlangen Fußmarsch durch einen unbekannten Dschungel waren sie weder vorbereitet noch dafür ausgerüstet. Sie wussten nichts über die Wildnis, und Mike konnte wirklich von Glück sagen, dass er sein Überlebensbüchlein bei sich hatte, in dem sie wenigstens ein paar grundlegende Dinge nachlesen konnten. Dennoch: Alles in allem wussten sie nichts von der Gegend, durch die sie sich gerade schlugen. All die Insekten, Käfer, Spinnen, Pflanzen – alles war ihnen weitgehend unbekannt. Nur zufällig hatte Matti irgendwann von seinem Vater mal etwas über die Bananenspinne gehört. Sonst hätten sie das kleine Tierchen auf Ellys Bein eben vermutlich für so harmlos gehalten wie eine Hausspinne. Ein Irrtum, der für Elly tödlich hätte enden können. Bisher also lebten sie alle vier noch, einfach nur, weil sie mehr Glück hatten als Verstand. Doch wie lange würde dieses Glück noch andauern?

Gabriel, der dicht hinter Mike herging, spürte, dass Mike etwas beschäftigte.

»Woran denkst du?«, fragte er leise.

Mike sah auf. Seine kleine Schwester ging ein paar Meter vor ihm, dicht hinter Matti.

Mike erzählte Gabriel, was ihm soeben durch den Kopf gegangen war. »Wir haben bisher nur verdammtes Glück gehabt.«

Gabriel nickte bedächtig mit dem Kopf. »Ja«, stimmte er Mike zu. »Aber zum Glück haben wir Matti dabei. Er kann uns retten.«

Mike huschte ein kleines Lächeln übers Gesicht. Er fand es goldig, wie sehr Gabriel seinen großen Bruder anhimmelte und für einen Superhelden zu halten schien. Er konnte sich an viele Situationen erinnern, in denen er sich gewünscht hätte, seine Schwester hätte ihn als großen Bruder ebenso akzeptiert und bewundert. Leider war das aber nicht so oft vorgekommen. Mike überlegte, ob das überhaupt schon jemals so gewesen war. Doch dann konzentrierten sich seine Gedanken wieder auf das Jetzt. Auch Gabriels großes Vertrauen in seinen großen Bruder würde sie nicht unbedingt retten. Vielleicht sogar eher im Gegenteil. Denn aus Mikes Sicht war Matti letztlich nichts anderes als ein normaler vierzehnjähriger Junge, der genauso wie er selbst noch nie im Regenwald hatte überleben müssen und über die Lebensverhältnisse hier nur unwesentlich mehr wusste als sie selbst. Es könnte gefährlich sein, ihm blind zu vertrauen, so wie Gabriel es tat.

»Schon klar«, sagte Mike. »Ich bin auch froh, dass wir Matti haben.«

Insgeheim aber nahm Mike sich vor, noch öfter in sein Survival-Buch zu schauen und gegebenenfalls zu hinterfragen, was Matti ihnen erzählte oder vorschlug.

Nach einer weiteren Stunde Fußmarsch, in der sie nach Mikes Gefühl noch langsamer vorangekommen waren als in der ersten Stunde, hörten sie ein Geräusch.

Genauer gesagt: Gabriel hörte es. Zunächst als Einziger.

Doch als sie stehen blieben und lauschten, war da nichts mehr.

»Was hattest du denn gehört?«, fragte Matti nach.

Gabriel konnte es nicht genau beschreiben. »Es klang wie menschliche Stimmen.«

Matti schaute ihn mitleidig an. »Das hoffst du bloß, oder?«

»Nein, wirklich!« Gabriel blieb dabei: Er hatte Stimmen gehört.

»Bestimmt nur ein paar Äffchen!«, vermutete Elly.

Gabriel widersprach: »Äffchen können nicht sprechen. Das waren aber keine Schreie, sondern Rufe!«

»So?«, hakte Mike nach. »Und was haben sie gerufen? Deinen Namen vielleicht?«

»Da hat jemand *Merda* gerufen und *Diabos*!«

Matti lachte. »Ist klar! Du Spinner!«

»*Merda* und *Diabos*?«, fragte Elly. »Was bedeutet das?«

»Scheiße! Und: Hölle!«, übersetzte Matti.

Gabriel nickte ernst. »Eben. Das war kein Scherz. Da hat wirklich jemand geflucht!«

»Wenn wir hier wirklich menschliche Stimmen hören würden«, erwiderte Matti, »dann können die nur von Ureinwohnern stammen. Irgendwelche Indianer. Abgesehen davon, dass die kein Portugiesisch sprechen, sondern ihre eigene Stammessprache, glaube ich nicht, dass die hier durch den Wald rennen und ständig *Scheiße* oder *Hölle* rufen! Ich glaube nicht mal, dass die den Begriff *Hölle* überhaupt kennen. Also vergiss es. Wir gehen weiter!«

Auch Elly und Mike waren sich sicher, dass Gabriel sich verhört hatte oder irgendwelche Stimmen in seinem Kopf gehört hatte.

Nur Gabriel blieb noch einen Augenblick stehen, ehe er den anderen folgte.

»Ehrlich!«, versicherte er. »Da waren Stimmen!«

Je weniger die anderen ihm glaubten, desto mehr war er selbst davon überzeugt, diese Flüche gehört zu haben.

Während sie sich weiter durchs Dickicht schlugen, spitzte Gabriel immer wieder die Ohren. Was ihn nach einiger Zeit allerdings selbst verrückt machte. Jedes Blätterrascheln, jedes Knacken eines Astes unter ihren Füßen, jedes Flügelschlagen eines Vogels deutete er im ersten Moment als eine weitere menschliche Stimme. Jedes Mal schreckte er auf, rief: »Da!«, und erkannte im nächsten Augenblick selbst, wie sehr er sich wieder getäuscht hatte. Die gesamte weitere Stunde ging das so, bis Elly ihn erbost anfuhr: »Jetzt ist aber echt mal gut, Gabriel! Hier ist niemand außer uns!«

Da allerdings war Mike sich nicht so sicher. Nicht, dass er Gabriel jetzt plötzlich recht gegeben hätte. Im

Gegenteil. Aber: »Wäre es nicht möglich, dass wir die ganze Zeit von Indianern beobachtet werden?«, fragte er.

»Doch. Schon!«, räumte Matti ein. »Nur, die hören wir nicht. Und die können wir auch nicht zur Hilfe rufen. Sie sehen uns und entscheiden selbst, ob sie sich zu erkennen geben und uns helfen oder nicht. Wir können da gar nichts tun.«

»Wirklich?«, hakte Elly nach. »Meinst du?«

Sie drehte sich ein paarmal um sich selbst, kniff immer wieder die Augen zusammen, schaute in jede Baumkrone, in jedes Gebüsch.

»Also, ich glaube, hier ist niemand!«, befand sie schließlich.

Matti lächelte nur. »Ein Indianer, der nicht entdeckt werden will, den siehst du nicht«, behauptete er.

»Aber die sehen doch, dass wir Kinder sind und Hilfe brauchen!«, erwiderte Elly. »Die können doch nicht einfach zuschauen, wie wir zugrunde gehen.«

Matti winkte ab.

»Vielleicht ist auch wirklich niemand da«, beruhigte er sie. »Aber wenn, wie gesagt, dann entscheiden sie, was sie tun, und nicht wir.«

Elly stieß einen tiefen Seufzer aus. »Na toll!«

»Wir sollten hier unser Lager aufschlagen!«, sagte Matti. Er zeigte auf eine Stelle, die man als kleine Lichtung bezeichnen konnte.

Menschen?

Mike hätte sich wohler gefühlt, wenn sie ihre Plane als Unterlage für die Schlafstätte ausgebreitet hätten. Aber sie hatten nur die eine. Und die brauchten sie einerseits als Dach, um bei Regen nicht bis auf die Knochen nass zu werden, andererseits, um den Regen als Trinkwasser aufzufangen.

Außerdem sollte man im Dschungel ohnehin nicht auf dem Boden schlafen. Das hatte Mike in seinem Survival-Buch gelesen. Aber da sie ja ursprünglich nur einen Rundflug hatten machen wollen, hatten sie keine Hängematten dabei. Und ihre Plane reichte nicht, um daraus vier Hängematten zu basteln. Also blieb ihnen nur, aus Baumfasern oder anderen widerstandsfähigen Pflanzen Hängematten zu bauen. Mike sah sich ratlos um. Selbst wenn er gewusst hätte, welche Pflanzen sich dafür eigneten, so hatte er keine Ahnung, wie man sich eine Hängematte flechten sollte. Allerdings stand das in seinem Buch. Dennoch: sehr mühselig.

SCHLAFLAGER

Für das Aufschlagen eines Schlaflagers ist die Lage entscheidend: Der Boden darf nicht zu weich, sumpfig oder feucht sein. Der Platz sollte nicht zu windig sein. Vor allem sollte man niemals direkt auf dem Boden liegen! Sorge immer für eine Isolationsschicht zwischen dir und dem Boden. Versuche, möglichst hoch zu liegen. Je höher du vom Boden entfernt liegst, desto wärmer, trockner und somit besser schläfst du.

Achte bei der Auswahl des Schlafplatzes darauf, dass du nicht von herabfallenden Ästen verletzt werden kannst.

»Wir können versuchen, aus Ästen eine Art Bettgestell zu bauen«, schlug Matti vor.

Mike nickte ihm zu und blätterte auf die entsprechende Seite seines Survival-Buches: »Man muss dann das Holz für die Stützen aber vorher ankokeln«, las er den anderen vor. »Insekten meiden Kohle!«

»Dann lasst uns ein großes Feuer machen und danach unser Nachtlager direkt auf der Asche einrichten«, schlug Elly vor. »Das Feuer selbst wird schon alle möglichen Tiere von uns fernhalten.«

»Klasse Idee«, lobte Matti.

Mike seufzte. Ihm schwante allmählich, dass das Überleben im Dschungel nicht nur gefährlich war, sondern dass sie sich jede Kleinigkeit, die sie benötigten, erst in mühevoller Arbeit selbst herstellen mussten. Ihm kam es ein bisschen vor, als müsste man zu Hause, wenn man ins Bett gehen wollte, nicht nur sein Bett herrichten, sondern zuvor erst das gesamte Schlafzimmer zurechtsägen und zusammenbauen.

»Okay! Wir haben viel zu tun«, spornte Matti die Gruppe an. »Lasst uns anfangen!«

Soweit der theoretische Plan – der allerdings deutlich schwerer umzusetzen war, als Mike geglaubt hatte. Schon die leichteste Aufgabe, die Plane aufzuspannen, um das Regenwasser aufzufangen, bereitete ihnen außerordentliche Schwierigkeiten. Zwei Ecken der Plane konnten sie leicht an zwei Bäumen festbinden. Für die anderen beiden Ecken aber waren Stützen nötig. Dafür mussten die Kinder geeignete Äste finden, sie auf die richtige Höhe zurechtschneiden, unten anspitzen, tief genug in den Boden bohren und diesen so festtreten, dass die Stützen nicht gleich wieder umkippten, sobald die Erde durch den Regen aufgeweicht wurde.

Die ersten drei Versuche scheiterten kläglich. Immer wieder kippten Pfähle um, weil sie sie aus zu dünnen Ästen gefertigt hatten. Oder sie brachen durch. Erst nach dem vierten Versuch hatten sie das Gefühl, dass ihr Dach stabil genug stand.

Anschließend wollten sie ein Feuer machen.

Zwar hatte es noch nicht angefangen zu regnen, trotzdem erwies sich ein Großteil der Äste, die sie fanden, als zu feucht, manche sogar als regelrecht nass.

»Zu nass«, stellte Gabriel schon resigniert fest. »Wir haben zwar ein Feuerzeug, aber kein Holz, das brennt.«

Mike blätterte erneut in seinem Survival-Buch und wurde fündig. Tatsächlich gab es darin ein Kapitel, wie man ein Feuer im Regen, also auch mit nassem Holz, entfachen konnte!

»Super!«, freut sich Gabriel. »Und wie?«

»Wir müssen trockenes Holz suchen«, antwortete Mike.

Gabriel schaute ihn mit süßsäuerlicher Miene an. »Toll! Verarschen kann ich mich allein!«

Doch Mike winkte ab. »Nein, nein. Ich meine es ernst. Das heißt, die im Buch meinen es ernst. Man kann auch im Nassen trockenes Holz suchen. Zum Beispiel von toten Bäumen die Rinde abschälen. Darunter ist das Holz trocken. Wir haben zwar leider keine Axt, aber eine kleine Säge und einen Hammer und einen Schraubenzieher. Damit können wir genug trockene Späne abschlagen, mit denen wir ein Feuer entzünden können. Dann legen wir kleine Äste drauf. Und trockenes Laub aus den unteren Schichten. Dann größere Holzstücke, von denen wir die feuchte Rinde ebenfalls entfernen.«

»Nicht schlecht!«, lobte Gabriel anerkennend. »Tolles Buch!«

Nach einer Stunde hatten sie genügend halbwegs trockenes Holz zusammengesucht. Abschätzend betrachtete Matti den Haufen, den sie direkt unter die Plane platziert hatten.

»Glaubst du, wir fackeln unsere eigene Plane ab?«, fragte Gabriel.

»Wir nehmen drei Viertel des Holzes beiseite«, schlug Matti vor. »Dann machen wir ein kleines Feuer und können immer noch nachlegen.«

Genau so machten sie es. Nach wenigen Minuten brannte unter ihrer Plane ein wohliges Feuer.

»Zu dicht gehe ich nicht heran«, verkündete Elly. »Da wird mir zu warm.«

Mike erging es ähnlich. Obwohl sich mittlerweile dichte, schwarze Wolken am Himmel zusammengezogen hatten, war es nicht kalt geworden. Bestimmt noch zwanzig Grad, schätzte Mike. Aber immerhin nutzte ihnen das Feuer auch, um nach dem Regen ihre Sachen trocknen zu können.

Mikes Vorhersage sollte sich schneller bewahrheiten, als ihm lieb war.

Der Regen kündigte sich mit einem gewaltigen Donner an. Theatralischer ging es nicht. Dem Donner folgte ein Blitz, wie ihn Mike zuvor noch nie gesehen hatte, dem wiederum der nächste Donner folgte. Und dann öffnete der Himmel seine Schleusen.

Sturzbachartig prasselte augenblicklich das Wasser auf sie nieder – und riss die Plane, die sie doch so wetterfest befestigt zu haben glaubten, in wenigen Sekunden aus ihren Halterungen und warf sie ins Feuer.

»Schnell!« Matti sprang auf.

Gabriel reagierte als Zweiter geistesgegenwärtig. Zusammen zerrten sie die Plane aus dem Feuer und hielten sie mit ausgestreckten Armen über die Flammen, damit sie nicht durch die Wassermassen gelöscht wurden.

Dabei waren sie noch so froh gewesen, unmittelbar vor Beginn des Regens fertig geworden zu sein. Matti und Gabriel wurden jetzt in Sekundenschnelle so durchweicht, als würden sie in voller Montur unter

FEUER MACHEN MIT NASSEM HOLZ

Entscheidend, um mit nassem Holz ein Feuer entzünden zu können, ist, dass das Holz innen trocken ist. Mit einem frisch abgeschnittenen Ast, der innen noch grün ist, wird man kein Feuer entfachen können, wohl aber mit totem Holz, selbst dann, wenn es im Regen gelegen hat.

Wenn nur ein nasser Film auf dem trockenen Holz liegt, verdunstet das Wasser schnell. Noch besser ist, man schält die feuchte Schicht (z. B. Rinde) einfach ab. Wenn man ein dickeres Holzscheit hat, kann man einzelne Späne daraus herausschälen. Bei Regen findet man außerdem oft trockenes Holz unter Blätterschichten auf dem Boden. Entzündet man nun unter einem Stapel von trocken geschälten oder Stücken von totem Holz die abgeschälten Späne, entfacht das Feuer schnell. In das lodernde Feuer kann man dann auch ruhig feuchtes Holz legen. Die Feuchtigkeit verdampft zischend, und das Holz brennt.

einer Dusche stehen. Das wäre sogar noch der bessere Fall gewesen. Denn der Regen ergoss sich mit einer erheblich größeren Wassermenge auf die Erde, als es jede Dusche vermocht hätte.

Mike hatte sich zusammen mit seiner Schwester unters Dach verkrümelt, ihr weniges Hab und Gut dicht um sie herum gelegt.

Doch jetzt sprangen auch sie auf und wussten im ersten Moment nicht, was sie tun sollten. Ihr Hab und Gut unter die Plane schieben, um es trocken zu halten? Matti und Gabriel zu Hilfe eilen? Holz aufs Feuer werfen, damit das Feuer größer wurde und dem Regen besser trotzen konnte?

Matti und Gabriel hielten die Plane leicht schräg, damit sie durch das angesammelte Wasser nicht immer schwerer wurde. Das allerdings verringerte die Fläche, die sie mit der Plane vor dem Wasser schützen konnten.

»Immerhin ist die Plane noch heil!«, brüllte Matti. Der Regen rauschte mit solch einem Höllenlärm auf sie herab, dass man sein eigenes Wort kaum mehr verstand.

Noch ehe Mike und Elly sich entscheiden konnten, was sie als Erstes tun sollten, schwamm ihre gesamte Ausrüstung förmlich im Wasser, und sie mussten nun aufpassten, dass nichts davon fortgespült wurde. Auch wenn ein Großteil des Wassers im tiefen morastigen

Boden versank. Doch derartige Mengen konnte der Boden nicht aufnehmen.

»Wir können von Glück sagen, dass noch keine Regenzeit ist«, rief Matti. »Dann könnte man an vielen Stellen nur noch mit dem Boot fahren. Das Wasser reicht dann stellenweise bis zu den Baumwipfeln. Es ist völlig irre. Dort, wo man jetzt in zehn oder zwanzig Metern Höhe sehen kann, wie sich die Affen die Früchte holen, knabbern dann Fische an denselben Ästen!«

»Wirklich?«, staunte Elly. »Unvorstellbar!«

Mike empfand das als keine gute Information. »Aber …«, wandte er langsam ein. »… zu Beginn der Regenzeit sind wir möglicherweise noch hier! Dann könnten wir ertrinken!«

Matti sah ihn ernst an.

Und nickte! »Na, ich hoffe nicht. Aber die Gefahr besteht«, gestand er ein. »Allerdings wird nicht das gesamte Amazonas-Gebiet überschwemmt. Es gibt ja auch höher gelegene Gebiete. Leider wissen wir nicht, wo wir eigentlich sind, und können deshalb die Gefahr der Überschwemmung nicht abschätzen. Die sicherste Möglichkeit ist, möglichst bald aus dem Dschungel herauszufinden oder auf Menschen zu treffen.«

Mike verstand, sagte aber nichts weiter. Allen war der Ernst ihrer Lage noch einmal bewusst geworden.

Noch aber sickerte das Wasser weitgehend ab und

blieb nur in einigen, wenngleich auch ungeheuer großen Pfützen stehen, die sich aber wohl nicht lange halten würden.

»Können wir nicht das stehende Wasser abschöpfen?«, fragte Gabriel.

»Ja, gleich«, antwortete Matti ihm. »Erst einmal müssen wir die Plane neu aufspannen.«

Im Laufe des Tages hatten sie mit Wasser nicht gespart, sondern großzügig getrunken, weil sie sich des Regens sicher gewesen waren. Sie hatten nicht geahnt, wie schwer es ihnen fallen würde, neues Regenwasser aufzufangen. Ihre Reserven waren so gut wie aufgebraucht. Jetzt musste es ihnen unter allen Umständen gelingen, neues Trinkwasser zu sammeln! Der erste Versuch, dies mit der Plane zu tun, war kläglich gescheitert.

Elly und Mike nahmen sich nun auch jeder eine Ecke der Plane. Zu viert versuchten sie, sie erneut irgendwie aufzuspannen. Doch selbst als es noch trocken gewesen war, hatten sie ihre Mühe damit gehabt. Jetzt ging gar nichts mehr.

»Hältst du, Elly?«, rief Mike ihr zu.

»Ja!«, versicherte ihm seine Schwester. Doch sie konnte die Plane ebenso wenig halten wie er. Das Wasser ergoss sich mit solch ungeheurer Wucht, dass es ihnen die Plane aus den Händen wegriss.

»Scheiße!«, fluchte Mike. »Noch mal!«

Elly nahm ihre ganze Kraft zusammen, genau wie Mike. Gemeinsam zogen sie an ihren Ecken der Plane, so dass sie sich spannte. Matti und Gabriel hielten die anderen beiden Ecken. Und für einen Moment schien es ihnen tatsächlich zu gelingen, die aufgespannte Plane zu halten. Doch zu schnell füllte sie sich mit Wasser, wurde zu schwer und glitt erneut aus ihren Händen, worauf das angesammelte Regenwasser mit einem großen Platsch verlorenging. Wenigstens wurde bisher das Feuer nicht getroffen. Noch hatten sie es schützen können.

»So wird das nichts. Schräg halten!«, wies Matti die anderen an. »Einer muss die Knoten machen! Gabriel und Mike: Haltet ihr diese beiden Ecken hier. Ich knote sie an. Elly passt auf, dass die Plane nicht ins Feuer fällt. Heb sie dort leicht hoch! Danach machen wir uns gemeinsam an die anderen zwei Ecken: Zwei müssen dann die Pfosten halten und zwei die Enden daran befestigen.«

Gabriel übernahm Ellys Ecke, Mike behielt seine.

»Eins, zwei, … drei!«, rief Mike. Gleichzeitig hoben sie ihre Ecken an. Doch der Regen nahm zu. Nie zuvor in seinem Leben hatte Mike einen solch heftigen Starkregen erlebt. Mit beiden Händen und aller Kraft zerrte er an seiner Ecke der Plane. Und doch drohte die Kraft des Wassers sie ihm immer wieder aus den Händen zu reißen.

»FESTHALTEN!«, schrie Matti. »Ich hab's gleich!« Auch er musste all seine Kraft aufwenden, um die Plane bis zum abgerissenen Seil heranzuführen, das Band anschließend um die zusammengeknüllte Ecke zu wickeln und so fest zu knoten, dass es diesmal hoffentlich hielt. Dann, nach einer Minute, die Mike in seinen Armen spürte, als wäre es eine Stunde gewesen, rief Matti: »Ich hab's! Die erste Ecke hält, glaube ich!«

Erschöpft ließ er die Arme sinken.

Mike wechselte jetzt zu Gabriels Seite, schüttelte seine Arme noch mal, um die Muskeln zu entspannen und den Schmerz zu lindern. Dann war er bereit für den nächsten Versuch. Diesmal hielten sie zu zweit die zweite Ecke der Plane. Matti schaffte diese etwas schneller. »Hält!«

Die Pfähle, die sie gebaut hatten, waren allerdings nicht mehr zu gebrauchen. Der eine war durchgebrochen. Der andere wirkte auch schon sehr morsch und brüchig. In dem tropischen Regenguss war es unmöglich, jetzt neue Hölzer zu suchen. Aber irgendetwas musste ihnen für die letzten beiden Ecken einfallen. Im Moment hing die Plane senkrecht wie ein Vorhang vom Baum, lediglich immer noch von Elly tapfer gehalten, damit die Plane nicht im Feuer verbrannte.

Die Klamotten der vier waren bereits so durchnässt, dass Mike schon überlegte, ob sie sie später nicht einfach auswringen sollten, um Trinkwasser zu gewinnen.

Matti schnitt zwei lange Bänder zurecht.

»Wir binden die beiden Enden dort und dort unten um die Baumstämme«, erklärte er.

Es funktionierte. Von der Seite betrachtet, bildete die Plane mit dem Boden jetzt ein Dreieck, an dessen Längsseite das Wasser so herunterlief, dass Elly und Gabriel es gut in den Flaschen auffangen konnten. Nach kurzer Zeit waren vier Flaschen bis zum Rand gefüllt.

Elly verschloss die letzte Flasche und huschte unter die Plane, wo sie sich zu den anderen Durchnässten hockte. Wenn sie zu dicht ans Feuer ging, fing Elly an zu dampfen, als säße sie in einer überhitzten Sauna. Also hielt sie ein wenig Abstand.

»Wir haben's geschafft, Leute!«, jubelte Matti. »Wir haben unser Feuer geschützt und wieder Trinkwasser.«

»Ich habe das Gefühl, ich würde in einer der Trinkflaschen drin sitzen!«, meckerte Gabriel und zog angewidert an seiner klitschnassen Kleidung.

»Besser, als zu verdursten«, rief Matti ihm zu.

»Eigentlich soll man sich ja bei einem Gewitter auf keinen Fall unter einem Baum aufhalten!«, erinnerte Elly die anderen an die Warnungen ihrer Eltern.

Gabriel lachte: »Toller Tipp. Wie soll man sich bitte in einem dichten Wald von Bäumen fernhalten?«

»Bei *einem* Baum ist es gefährlich«, beruhigte Matti sie. »Aber bei so vielen sinkt die Wahrscheinlichkeit, dass es ausgerechnet in den einschlagen sollte, unter dem wir sitzen. Ich hoffe mal, unser Baum ist bei weitem nicht der höchste. Blitze suchen sich oft hervorragende Spitzen.«

»Hauptsache, die Blitze wissen das auch«, erwiderte Elly. Ihr war ganz und gar nicht wohl in ihrer Haut. Und das lag am wenigsten daran, dass sie völlig aufgeweicht war.

Mike legte den Kopf in den Nacken und sah nur in die Plane über ihm. Aber auch, wenn die Plane nicht dagewesen wäre, hätte er keine Chance gehabt, bis zur Spitze des Baumes zu schauen, um abschätzen zu können, ob andere benachbarte Bäume höher waren.

Es donnerte fürchterlich. Elly, Matti und Gabriel zuckten erschrocken zusammen. Mike ebenso. »Was war das?«

Elly hob den Kopf und schaute ihren Bruder fragend an. »Hast du noch nie einen Donner gehört?«

»Doch«, antwortete Mike. »Aber mitten im Donner war noch etwas anderes.«

Elly seufzte. »Ach komm, Mike. Nicht du auch noch.«

Gabriel verstand die Anspielung auf den Vorfall

WICHTIGE KNOTEN

Niemand weiß, wie viele Arten von Knoten es gibt. Es sind wohl Hunderte oder sogar Tausende.

Hier erfährst du, wie du mit Hilfe eines Knotens etwas befestigen kannst, das keine Ösen oder Schlaufen hat, und lernst den wichtigsten aller Knoten.

Der Knopf-Verschluss mit Slipstek

Mit diesem Knoten kannst du einfache und sichere Verschlüsse herstellen, wenn dein Cape oder deine Plane keine Ösen oder Laschen hat. Und das Beste daran: Das Gewebematerial nimmt keinen Schaden und bleibt wasserdicht.

Lege einen kleinen Stein als Ersatz für einen Knopf unter die entsprechende Stelle des Capes oder der Plane. Wickele das Gewebe um den Stein herum. Bringe an dieser Stelle, also unter dem Stein, den Slipstek an.

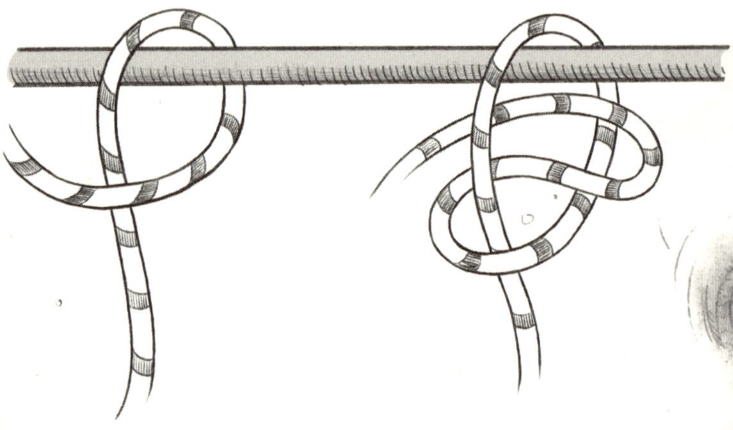

Der einfache Palstek

Viele Menschen behaupten, der Palstek sei der wichtigste Knoten überhaupt. Wir wollen ein sogenanntes festes Auge (eine feste Öffnung) machen, das man zum Beispiel über einen Baumstamm ziehen kann oder an dem man ein weiteres Seil sicher anbringen kann. Dazu nehmen wir das Ende einer Leine oder Schnur in die Hand. Wir überlegen, wie groß das Auge / die Öffnung sein soll, und machen uns zuerst den sogenannten See, eine Schlaufe. Für das anschließende Bilden des Knotens gibt es ein einfaches Bild, das man sich merken kann:

Die Seeschlange (das Schnurende) taucht aus dem See (der Schlaufe) auf, kriecht einmal um den Baum, also das verlängerte Ende herum, und im Anschluss wieder in den See zurück.

Vorteil: Das Auge / die Öffnung zieht sich nicht zusammen.

Das Schnurende (der Schlangenkopf) sollte außerhalb liegen und nicht innerhalb des Knotens verlaufen.

Mit einer zweiten Schnur könntest du mit Hilfe des Palstek-Knotens Seile miteinander verbinden. Dabei musst du das Ende der zweiten Schnur, also die Seeschlange, zuerst um das Hindernis herumschwimmen lassen, bevor sie aus dem See auftaucht.

Diese Schlaufe hält enormen Zug aus und lässt sich leicht wieder lösen.

eine Stunde zuvor. Deshalb war er es auch, der Mikes Hinweis nicht gleich als Hirngespinst abtat, sondern nachfragte.

»Es hat sich angehört wie ein Schuss!«, behauptete Mike.

Elly, Matti und Gabriel starrten ihn an.

Gabriel fand als Erster seine Sprache wieder. »Ein Schuss? Das würde zu den Stimmen passen, die ich gehört hatte. Ich sag euch, es sind Menschen in der Nähe!«

Matti zog nachdenklich die Augenbrauen zusammen, hob leicht seinen Kopf und hielt seine Nase in den Wind, als ob er eine Witterung aufnehmen wollte.

»Menschen?«, schien er mehr sich selbst als die anderen zu fragen. »Es gibt hier Indianerstämme, die noch nie Kontakt zu Leuten aus der Zivilisation hatten«, sagte er. »Die besitzen aber keine Schusswaffen. Wenn jemand tatsächlich geschossen hat, könnten das eigentlich nur Wald- oder Bauarbeiter sein. Aber bevor wir Stimmen von denen gehört hätten, hätten wir deren Maschinen hören müssen: Motorsägen, Bulldozer. Ich meine, die ziehen ja nicht mit kleinen Elektro-Rasenmähern durch den Dschungel. Obwohl selbst die noch lauter gewesen wären als Stimmen.«

»Und was willst du uns damit sagen?«, fragte sein Bruder nach.

Matti nahm wieder eine normale Kopfhaltung ein

und schaute zu seinem Bruder neben ihm. »Dass ihr euch getäuscht habt, du und Mike. Nicht, dass nicht Menschen in der Nähe sein könnten. Aber wie gesagt: Dann würden wir zuerst deren Maschinen hören.«

»Und gibt's keine Indianer, die auch Gewehre haben?«, fragte Mike.

»Ich glaube nicht«, antwortete Matti ihm. »Ich gebe zu, genau weiß ich es nicht. Aber die Indianer nutzen ihre Waffen eigentlich ausschließlich zur Jagd. Aber die jagen sicher nicht, wenn es gerade am heftigsten regnet. Außerdem denke ich mir, dass es recht blöde wäre, mit Gewehren zu jagen. Ein Schuss – und alle Tiere fliehen. Sie lautlos zu töten, mit Blasrohren oder mit Pfeil und Bogen, dürfte doch viel effektiver sein, wenn man mehrere Tiere nacheinander erlegen will.«

Elly leuchtete das Argument ein. Außerdem wollte sie sich nicht so gern vorstellen, dass sie, wenn sie endlich auf Menschen stießen, es welche sein sollten, die Schusswaffen bei sich trugen.

»Wir haben auch einen Revolver dabei«, erinnerte Matti sie.

Elly wollte im ersten Impuls antworten, dass das ja wohl eine andere Sache wäre, doch dann behielt sie es für sich. War es wirklich eine andere Sache? Wenn es wirklich ein Schuss gewesen war, den Mike gehört hatte – wer wusste schon, weshalb er abgegeben worden war?

»Angenommen, es war wirklich ein Schuss. Was schlägst du vor?«, fragte sie ihren Bruder.

Mike setzte zu einer Antwort an, doch dann schwieg er ratlos. Schließlich beschränkte er sich darauf, mit den Schultern zu zucken und zu sagen: »Weiß ich auch nicht so genau. Aber wir sollten herausbekommen, ob wirklich Menschen in der Nähe sind. Wenn wir sie finden, könnten sie uns auf jeden Fall nach Hause bringen!«

Doch noch hatten sie Zeit. Wer immer sich in der Nähe aufhielt, hatte sich mit Sicherheit auch irgendwo ins Trockene verzogen und wartete, bis der Starkregen vorüber sein würde.

Dann allerdings konnte es längst dunkel geworden sein, überlegte Mike. Aber auch die anderen Menschen würden sich doch nicht in tiefster Dunkelheit durch den Dschungel schlagen?

Mike versuchte, sich einzureden: Wenn er mitten im Gewitter und Starkregen einen Schuss gehört hatte, dann würden diese Menschen auch morgen früh noch da sein, genauso wie er, Elly, Gabriel und Matti. Trotzdem wäre es Mike lieber gewesen, sich sofort auf den Weg zu machen, um die Menschen zu finden.

Plötzlich kam ihm eine Idee.

»Was meint ihr?«, fragte er in die Runde. »Wenn wir die Leute gehört haben ... Also erst ihre Stimmen und jetzt den Schuss. Dann müssten die doch auch uns hören, oder nicht? Warum rufen wir nicht einfach laut um Hilfe? Oder schießen auch ein paarmal in die Luft mit unserem Revolver?«

Elly hatte sich Kakaobohnen aus dem Rucksack geholt, auf denen sie seit einiger Zeit herumkaute, um ihr Hungergefühl zu überdecken. Jetzt unterbrach sie das Kauen. »Schüsse abgeben?«, fragte sie. »Und wenn das doch Indianer waren, die wir gehört haben? Dann denken die vielleicht, wir wollten sie angreifen!«

Daran hatte Mike nicht gedacht. Seine Schwester hatte recht.

»Aber um Hilfe zu rufen ist trotzdem eine gute Idee«, sprach Elly weiter. »Findet ihr nicht? Wieso sind wir sind längst darauf gekommen? Was heißt denn Hilfe auf Portugiesisch?«

»Socorro!«, antwortete Gabriel. Er und Matti fanden die Idee ebenfalls gut.

Der Grund, weshalb sie es nicht längst versucht hatten, lag auf der Hand. Wenn man sich allein im tiefsten Dschungel verirrt und um sich herum nichts als Bäume, Sträucher und sonstige Pflanzen sieht und nur Tierstimmen hört, kommt man überhaupt nicht auf die Idee, dass noch andere Menschen in der Nähe sein könnten, die einen hören. Jetzt aber, da sie sich aufgrund der Stimmen und des Schusses berechtigte Hoffnungen machten, vielleicht schon sehr nah an einer Menschensiedlung zu sein, fassten sie neuen Mut.

Buschmeister!

Wir sollten warten, bis der Regen ein wenig nachlässt. Durch das Rauschen des Wassers und der Blätter hindurch hört man uns vermutlich sowieso nicht«, schlug Matti vor.

»Bei der Munition war nicht auch zufällig eine Leuchtkugel dabei, oder?«, fragte Gabriel. »Dann würden die einen Schuss von uns nicht als Bedrohung ansehen!«

Doch Matti winkte ab. »Selbst wenn, würden wir die aufbewahren für den Fall, dass wir ein Flugzeug hören.«

Da hatte Matti recht. Gabriel stimmte seinem großen Bruder zu und kauerte sich wieder zu den anderen.

»Und wenn die Leute schon weg sind, ehe wir rufen?«, warf Mike ein.

Doch auch hier beruhigte ihn Matti. »Ich denke, die warten den Wolkenbruch genauso ab wie wir.«

»Okay«, sagte Mike.

Das Warten würde ihnen zwar schwerfallen, aber die Aussicht darauf, später möglicherweise Hilfe herbeirufen zu können, hob die Stimmung der vier beträchtlich. Allerdings wurden sie auch ungeduldiger. Die Zeit verging langsamer als die letzte Stunde vor der Weihnachtsbescherung oder die Zeit am Morgen eines schönen Geburtstages, bis man endlich aufstehen durfte, um sich seine Geschenke anzusehen.

Wieder dachte Mike an zu Hause. Sein Zimmer, in dem seit einem Jahr sein erster eigener Computer auf dem Schreibtisch stand, über den er sogar fernsehen konnte. Seine Computerspiele, sein Fahrrad im Keller. Wie wertlos das alles hier im Regenwald plötzlich erschien. Nichts von all seinen schönen Sachen, um die er so sehr gebettelt hatte, bis er sie endlich bekam, wäre ihm jetzt hier – wo es um sein nacktes Überleben ging – von Nutzen. Am meisten vermisste er deshalb in diesem Augenblick auch sein warmes und vor allem trockenes Bett. Und den Kühlschrank und die Speisekammer seiner Eltern!

Als seine Gedanken in der untersten Schublade des Küchenschranks, in der das Nutellaglas stand, angekommen war, merkte Mike auf: »Gabriel, hast du noch welche von den Kakaobohnen?«

Gabriel lächelte ihn an. »Gute Idee! Leute, es ist Zeit für einen Imbiss.« Er griff in seine Tasche und holte eine Handvoll Kakaobohnen hervor, die er gerecht unter ihnen vier aufteilte.

»Ich hab auch noch ein paar gebratene Termitenlarven!« Gabriel griff in seine andere Tasche.

Doch Mike und Elly winkten sofort ab.

»O nee, danke!«, sagte Elly schnell. »Mir reichen die Kakaobohnen!«

Matti lachte, und ließ sich von seinem Bruder ein paar Termitenlarven geben, die er – geröstet, aber kalt – nun fast wie Erdnüsse aß.

»Also ich finde die echt lecker«, sagte er und lachte erneut.

Mike musste zugeben, dass sie gut schmeckten. Aber trotzdem: Termiten blieben Termiten. Es gelang ihm nicht, sich von der Vorstellung der krabbelnden Tierchen zu lösen, und er hatte das Gefühl, die würden auch in seinem Mund und in seinem Magen weiterkrabbeln. Das war natürlich Blödsinn, allein schon, weil es sich um Larven handelte. Aber dennoch … Er genoss lieber jeden Bissen der köstlichen Kakaobohnen. Wenn er dabei die Augen schloss, konnte er tatsächlich für ein paar Sekunden vergessen, wo sie waren und wie düster ihre Aussichten für die nächsten Tage oder Wochen aussahen. Es sei denn – Mike öffnete die Augen wieder –, er und Gabriel hatten richtig gehört und es befanden sich tatsächlich Menschen in der Nähe! Mike versuchte zwar, sich nicht allzu große

Hoffnungen auf eine Rettung zu machen, um am Ende nicht so krass enttäuscht zu sein, wenn sie sich geirrt hatten. Aber es gelang ihm nicht. Wie sehr sein Verstand ihn auch warnte, auf das Schlimmste gefasst zu sein, es machten sich unweigerlich Glückshormone in ihm breit, die ihm eine baldige Rettung versprachen.

Mike betrachtete mit Skepsis die restlichen Kakaobohnen in seiner Hand. Waren sie schuld an seinem Glückgefühl? Wirkten sie so schnell und so stark, dass ihm die bevorstehenden möglichen Gefahren schon als Lappalien erschienen?

»Sagt mal …?«, wollte er gerade in die Runde fragen, ob es den anderen ebenso erging. Doch dazu kam er nicht.

Matti hob die Hand und befahl: »Leise! Ein Buschmeister!«

Mike stoppte mitten im Satz und schaute sich um. Also doch! Er hatte recht gehabt: Es waren Menschen in der Nähe! Offenbar waren sie, auch ohne dass sie laut um Hilfe gerufen hatten, erhört worden. Der Buschmeister und seine Leute hatten den Regen nicht abgewartet, sondern waren sofort losgegangen, um Mike und seine Freunde zu retten. Gott sei Dank! Mike wäre vor Freude am liebsten aufgesprungen und hätte den Buschmeister umarmt. Nur – sah er ihn nicht. Noch einmal drehte er seinen Kopf zu allen

Seiten. Kein Mensch zu sehen weit und breit – außer Elly, Gabriel und Matti.

Matti hatte immer noch seine Hand erhoben und so Ruhe und Aufmerksamkeit eingefordert.

»Wo?«, fragte Mike.

»Dort!«, antwortete Matti, ohne aber zu zeigen, welche Stelle er damit meinte. »Nur drei Meter entfernt. Dort unter dem Laub!«

Unter dem Laub? Ein Buschmeister?

»Ist ein Buschmeister nicht so etwas wie ein Förster?«, fragte Mike leise. Wie und warum sollte sich so einer unter dem Laub verstecken?

»Förster?«, fragte Matti zurück. »Spinnst du? Im Regenwald gibt's doch keine Förster! Da!«

Jetzt zeigte Matti doch mit der Hand auf die Stelle, die er meinte. »DAS ist ein Buschmeister!«

Jetzt sah Mike es. Obwohl er immer noch nicht glauben konnte, dass Matti wirklich das meinte, worauf er zeigte.

Mike entdeckte unter dem Laub eine gut zwei Meter lange orange-bräunliche Schlange, deren Rücken mit einer Reihe markanter großer, dunkelbrauner, fast schwarzer viereckiger Flecken verziert war, und mit einem großen, länglichen Kopf.

»DAS ist ein Buschmeister?«, fragte Mike fassungslos und maßlos enttäuscht. Er hatte so sehr auf einen Indianer gehofft, einen Häuptling vielleicht oder zumindest einen, der etwas zu sagen hatte und seiner Bezeichnung Meister gerecht wurde. Und jetzt gafften sie auf eine Schlange!

»Lateinischer Name Lachesis«, erläuterte Matti. »Benannt nach der Schicksalsgöttin.«

Das klang nicht gut, fand Mike, dass eine Schlange über sein Schicksal bestimmen sollte.

»Ist sie giftig?«, fragte er trotzdem noch mal nach. Vielleicht hatten sie ja Glück und …

»Ja! Und wie«, antwortete Matti prompt. »Deshalb hat sie wohl ihren Namen. In Manaus gibt es ein Gesundheitszentrum, das auf Schlangenbisse spezialisiert ist. Dort werden nur äußerst selten Bisse von einem Buschmeister verzeichnet, weil die Schlange eigentlich nicht aggressiv ist. Hat zumindest mein Vater mal erzählt.«

»Eigentlich …«, wiederholte Mike. Das war für ihn das wesentliche Wort. »Und wenn sie Hunger hat?«

»Wir dürften zu groß sein, um als Beutetier in Frage zu kommen«, erläuterte Matti. Obwohl die Schlange nicht gerade klein war. Jetzt, als Mike genauer hinschaute, erkannte er, dass sie wohl eher drei als zwei Meter lang war. Es war allerdings schwer auszumachen, so zusammengerollt wie sie dalag. Auf jeden Fall kam sie Mike riesig vor.

»Sie ist die längste Viper der Welt und die größte Giftschlange Amerikas«, wusste Gabriel beizutragen, der sich sehr für Superlative interessierte. Er hatte zu Hause eine ganze Bibliothek vom Guinness-Buch der Rekorde und sammelte auch sonst gern von allem die Informationen über das Größte, Schwerste, Schnellste und so weiter.

»Die größte Giftschlange Amerikas?«, quiekte Mike auf. »Na super. Und ausgerechnet wir müssen auf sie treffen!«

»Ich dachte, Anakondas sind viel größer«, wandte Elly ein.

»Sind sie auch, aber die sind nicht giftig, sondern erwürgen oder erdrücken einen«, erklärte ihr Gabriel. »Diese hier beißt nur.«

Elly verzog das Gesicht. »Was für ein Trost!«

»Aber wir sollten ihn auf keinen Fall nervös machen«, warnte Matti.

»IHN?«, hakte Elly nach. »Heißt es nicht DIE Schlange?«

»Der Buschmeister«, stellte Matti klar.

»Sie oder ihn nicht nervös machen?«, brach es aus Mike heraus. »ICH bin nervös. Was machen wir denn jetzt?«

Noch lag die große Schlange ruhig und zusammengerollt da und schien sich nicht weiter um die Menschen zu kümmern, die ihr zu nah gekommen waren.

»Offenbar ist sie hergekrochen, weil sie unter der Plane ebenso Schutz vor Regen sucht wie wir«, sagte

Matti. Das Laub war an dieser Stelle deutlich trockener als außerhalb der Plane und vor allem durch das Feuer angenehm warm.

Aber auch das beruhigte Mike herzlich wenig. »Ich bleib hier nicht sitzen, solange sie da ist.«

»Ja«, stimmte Matti ihm zu. »Darauf wird es hinauslaufen.«

»Worauf?« Mike verstand nicht so recht.

»Dass wir ein Stück weitergehen sollten.« Matti gab schon das Zeichen zum Aufbruch.

Doch so hatte Mike das nun auch wieder nicht gemeint. »In den Regenguss? Um der Schlange das trockene Plätzchen zu überlassen?«

Matti zeigte auf die beiden Knoten, mit denen sie die Plane am Baum befestigt hatten. Wenn sie die aufknoten wollten, um die Plane woanders aufzuhängen, hätten sie sich genau neben die Schlange stellen müssen. Zu gefährlich. Niemand konnte abschätzen, ob der Buschmeister, auch wenn er als friedfertig galt, nicht doch zubeißen würde, wenn sie ihm noch näher kamen.

»Was passiert denn, wenn sie einen beißt?«, wollte Elly wissen.

»Übelkeit, schwere Darmkrämpfe, Kotzen, Durchfall, Schweißausbrüche. Höchst selten tödlich«, dozierte Matti.

»Höchst selten tödlich? Aber es kommt vor? Danke.«

Elly winkte ab. »Und Darmkrämpfe und Kotzen muss ich hier draußen auch nicht haben. Was bleibt uns übrig? Stellen wir uns dort hinten unter den Baum. Da sieht es halbwegs trocken aus.«

»Trocken?«, rief wieder Mike. »So trocken, als ob man sich unter eine Dusche stellt.«

Elly zuckte mit den Schultern. »Dann musst du hierbleiben, bei Herrn Buschmeister!«

»Scheiße!«, fluchte Mike.

Sie beschlossen, ihre Ausrüstung unter der Plane liegen zu lassen und die Schlange im Auge zu behalten. Sollte sie sich an ihrem Gepäck zu schaffen machen, so mussten sie etwas unternehmen. So lange aber wollten sie sie in Ruhe lassen.

Gerade griff Matti nach seinem Rucksack, als Mike eine Idee kam.

»Wartet! Jetzt, wo wir das Dach und das Feuer haben, sollten wir hier unser Nachtlager aufschlagen. Das heißt, wir müssen Bettgestelle aus Holz bauen.«

Das hatten sie bereits vorgehabt, aber der Regen war zu früh gekommen.

»Denn noch weiterzuziehen schaffen wir nicht mehr vor Einbruch der Dunkelheit.«

Die anderen stimmten ihm zu. Nur wussten sie nicht, was Mike ihnen damit sagen wollte.

»Erstens, dass wir unser Lager nicht einer Schlange überlassen sollten, zweitens, dass ich mich nicht ruhig hinlegen kann, wenn ich weiß, dass eine Giftschlange sich nur wenige Meter entfernt befindet …«, setzte Mike fort.

»Und drittens?«, fragte Gabriel, weil Mikes Stimme am Ende seines Satzes so hochgegangen war, dass er sicher war, da kam noch etwas.

»Und drittens haben wir noch nichts zu essen!«, stellte Mike fest.

Auch das wussten die anderen. Alles in allem lief ihnen die Zeit davon. Bevor sie sich am Abend schlafen legen konnten, hatten sie noch eine Menge zu tun. Was aber hatte das alles damit zu tun, dass sie sich im Moment etwas weiter von der Schlange entfernt niederlassen wollten?

»Wir könnten die Schlange töten«, schlug Mike vor.

Noch bevor jemand einen Einwand erheben konnte, führte er weiter aus: »Schlangen sind essbar.«

»WAS?« Elly quiekte auf. »Spinnst du? Du willst nicht ernsthaft eine Schlange essen!«

Mike wog nachdenklich den Kopf hin und her. »Es fällt mir auch nicht leicht. Aber ich glaube, es ist mir lieber als Käfer oder Würmer zu essen. Sogar lieber als diese Termitenlarven.«

Elly öffnete ihren Mund, um zu protestieren, schloss ihn aber wieder, ohne ein Wort zu sagen. Ihr Blick wanderte hinüber zum Buschmeister. Mike erkannte an ihrem Gesichtsausdruck: Auch sie würde eher Schlangenfleisch essen als Insekten.

»Kann man sie wirklich essen?«, fragte Elly vorsichtig nach. »Steht das auch in deinem Buch?«

»Denk doch mal an Papa!«, antwortete Mike ihr.

Ihr Vater hatte mal einige Wochen beruflich in Vietnam zu tun gehabt und nach seiner Rückkehr ausführlich von den diversen Schlangengerichten erzählt, die auf nahezu jedem Markt angeboten worden waren.

»Soll schmecken wie Hühnchen, hat Papa gesagt«, erinnerte Mike seine Schwester.

»Er hat selbst gar keine gegessen«, erwiderte Elly. »Nur seine Kollegen haben es behauptet.«

»Und wie tötet man eine Giftschlange?«, wollte Gabriel wissen. »Sag jetzt nicht, dass wir sie erwürgen!«

Mike winkte ab. »Quatsch! Hast du noch nie einen Cowboyfilm gesehen, in dem sie eine Klapperschlange erschießen?«

Gabriel schüttelte den Kopf. »Nein!«

Matti umfasste seinen Rucksack etwas fester. Darin lag Luiz' Revolver! Und die 99 Schuss Munition. Niemand der vier hatte aber je mit einer Waffe geschossen. Wie viele Schüsse würden sie benötigen, um die Schlange zu treffen – *tödlich* zu treffen? Und was, wenn die ersten zwei, drei Schüsse danebengingen oder sie die Schlange nur leicht verletzten? Würde sie dann angreifen?

Matti war nicht wohl bei dieser Sache.

»Mir auch nicht«, gestand Mike ein. »Aber wir hätten Ruhe vor ihr und etwas zu essen.«

»Kannst du die Schlange häuten, aufschlitzen und ausnehmen?«, fragte Elly. Ihr Gesichtsausdruck verdeutlichte, sie konnte es sich nicht vorstellen und würde lieber versuchen, von Beeren und Nüssen zu leben, als eine Schlange zu schlachten.

»Ich weiß nicht«, gab Mike zu. »Wir müssen es versuchen. Vielleicht haben wir Glück und treffen schon bald auf Menschen. Vielleicht müssen wir noch lange im Dschungel überleben. Da werden wir es nicht vermeiden können, Tiere zu erlegen.«

»Er hat recht!«, pflichtete Matti ihm bei. »Und bevor wir einen Affen erschießen und ausweiden, kann ich mir es bei der Schlange schon eher vorstellen.«

»Einen Affen?« Schon bei dem Gedanken, eines der süßen Äffchen zu erlegen und zu grillen, wurde Elly ganz anders. Und einen der größeren Brüllaffen aufzuessen, überstieg sowieso ihre Vorstellungskraft.

»Okay!«, stimmte sie deshalb schnell zu. Lieber die Schlange erlegen, bevor noch jemand ernsthaft auf die Idee kam, sich einen Affen zu holen!

Matti zog den Revolver aus seinem Rucksack und lud ihn.

SIND SCHLANGEN ESSBAR?

Falls du eine Schlange aus irgendeinem Grund tötest, kannst du sie essen. Da du möglicherweise nicht weißt, ob es sich um eine Giftschlange handelt, solltest du den Kopf entfernen und noch einmal etwa die gleiche Länge vom Rücken abschneiden, um die eventuell vorhandenen Giftdrüsen zu entfernen. Das Schlangenfleisch selbst ist nicht giftig. Es sollte jedoch nicht roh verzehrt, sondern immer gekocht, gegart oder gegrillt werden – sicherheitshalber für eine halbe Stunde. (Siehe auch: Kochen ohne Topf und Pfanne, Seite 90.)

»Stellt euch hinter mich!«, rief er den anderen zu. Alle erinnerten sich noch gut, wie schwer es am Vortag gewesen war, den Revolver unter Kontrolle zu halten. Der Rückstoß war heftig.

Matti hielt die Waffe diesmal mit beiden Händen und ausgestreckten Armen gerade vor sich, ging vorsichtig einen Schritt auf die Stelle zu, an der sie die Schlange gesichtet hatten. Dann blieb er stehen. »Wo ist sie?«

Auch Mike hatte sie aus den Augen verloren, ebenso wie die anderen.

»Sie ist weg!«, rief Elly.

Mike hörte deutlich die Erleichterung, die aus ihrer Stimme sprach.

Er hingegen fluchte. Nicht, weil er der Schlange nicht das Leben gegönnt hätte. Aber er wusste: Wenn sie die Schlange nicht fanden, würde er die ganze Nacht kein Auge zu bekommen, aus Angst, sie könnte sich jederzeit an ihn heranschleichen und ihn beißen.

»Vielleicht ist sie vor dem Feuer geflohen?«, hoffte Elly.

Doch eine solche Vermutung genügte Mike nicht. »Vielleicht!«, wiederholte er. »Vielleicht aber auch nicht. Verdammt, wir müssen alles absuchen. Vielleicht ist sie näher an uns dran, als wir vermuten. Das kann gefährlich werden.«

»Mike hat recht«, sagte Matti. Obwohl auch er die

Flucht vor dem Feuer für die wahrscheinlichste Möglichkeit hielt.

»Ach ja?«, widersprach Mike. »Wir haben die Schlange erst entdeckt, da brannte das Feuer schon!«

Matti ließ das Argument nicht gelten. »Vielleicht war sie da schon auf dem Rückzug, und wir haben das nur falsch gedeutet.«

Auch das war möglich. Dennoch: Mike brauchte Gewissheit. Anders war nicht daran zu denken, hier das Nachtlager aufzuschlagen. Er spürte, wie langsam Panik in ihm aufstieg. Gleich würde er unter jedem Blatt in seiner Nähe den Buschmeister vermuten. Das fühlte er deutlich.

»Beruhige dich!«, forderte seine Schwester. Sie kannte Mikes Panikattacken. Erste Schweißperlen bildeten sich schon auf seiner Stirn. Und er wusste ebenso wie seine Schwester, dass das keine Regentropfen waren. Mike erinnerte sich, was er in seinem Survival-Buch gelesen hatte: Die meisten Menschen, die an einem Schlangengift starben, verendeten gar nicht an der Giftdosis, sondern an ihrer Panik. Entweder durch Herzversagen vor Aufregung oder daran, dass die Panik ihnen das mit dem Gift versetzte Blut schneller als sonst durch ihre Blutbahnen jagte.

Doch dieses Wissen führte überhaupt nicht dazu, dass er sich beruhigte, im Gegenteil: Mikes Panik stieg weiter an.

Bis Gabriel plötzlich rief: »Da! Ich hab sie!«

Am Stamm eines der Bäume, an denen die Plane festgebunden war, lag die Schlange wieder in sich zusammengerollt und schien zu dösen. Doch der Schein konnte trügen. Vielleicht lag sie auch nur still auf der Lauer, um den richtigen Moment für den Angriff abzupassen. Trotzdem fiel Mike ein Stein vom Herzen. Sie wussten wieder, wo die Schlange war.

Matti wagte sich einen weiteren Schritt an sie heran. »Soll ich wirklich?«, fragte er.

Mike bemerkte, wie schwer es ihm fiel, abzudrücken. Nicht nur, weil er nicht wusste, ob er gut genug treffen würde. Auch, weil es ihm widerstrebte, das Tier zu töten. Niemand von ihnen hatte je ein Tier umgebracht.

Zu Hause war es alles so schön einfach. Man öffnete den Kühlschrank und nahm sich ein Putenschnitzel oder eine Hähnchenkeule heraus. Man bestellte sich ein gegrilltes Stück Fleisch im Steakhaus oder nahm sich ein Würstchen vom Grill. Man machte sich keine Gedanken darüber, dass für jeden Bissen zuvor irgendjemand ein Tier getötet haben musste. Mike war froh, sich darüber noch nie Gedanken gemacht zu haben. Doch jetzt standen sie vor der Entscheidung: Die Schlange zu erschießen oder sich mit hungrigem Magen in der Ungewissheit zum Schlafen zu legen, ob sie nicht doch zurückkehrte und jemanden von ihnen biss.

ERSTE HILFE BEI EINEM SCHLANGENBISS

Das Wichtigste: Ruhe bewahren.

Panik erhöht den Puls und pumpt somit noch mehr Gift in die Blutbahnen. Wer gebissen wurde, sollte sich deshalb möglichst nicht bewegen und auch innere Ruhe bewahren. Zur Not mit Hilfe eines Beruhigungsmittels.

Vor allem gilt es, den gebissenen Arm oder das Bein ruhigzustellen, zum Beispiel mit einer Schlinge (Arm) oder einer Schiene (Bein).

Sofern es irgendwie machbar ist, sollte die gebissene Person im Liegen transportiert werden, und es sollte schnell wie möglich professionelle Hilfe (ein Arzt) gesucht werden.

Idealerweise sollte man die Schlange identifizieren, denn nicht alle Schlangenbisse sind tödlich. Außerdem kann man dann dem Arzt sagen, welches Gegengift benötigt wird. Nicht immer spritzt eine Schlange bei einem Biss jedoch auch wirklich ihr Gift in die Wunde.

Achte deshalb auch darauf, ob sich überhaupt Symptome einer Vergiftung zeigen, z. B. Lähmungen, Augenstarre oder Atemnot.

Manche Schlangengifte bewirken, dass die Atmung aussetzt, obwohl das Herz weiterschlägt. In diesem Fall: beatmen!

Trinken ist sinnvoll, aber Wasser oder Saft – keinen Alkohol, auch nicht Cola oder Kaffee (dies würde den Blutkreislauf anregen).

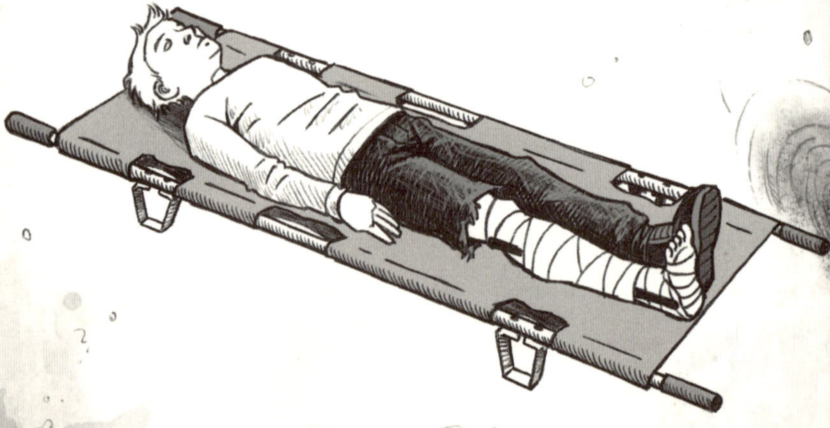

Achtung: Häufig sieht man in Filmen, dass jemand versucht, das Schlangengift aus der Wunde zu saugen, zu schneiden oder zu brennen. Das ist wirkungslos und bringt nichts, außer zusätzlichen Schmerzen durch das Schneiden oder Brennen. Auch das Kühlen mit Eis ist wirkungslos und teilweise sogar schädlich. Sinnvoll ist es allerdings, die Wunde mit sauberem Wasser auszuwaschen, um eine Entzündung zu vermeiden.

Unbehandelt kann ein Schlangenbiss zum Tod führen oder – wenn man ihn überlebt – eine notwendige Amputation zur Folge haben.

Mike entschied sich für mehr Sicherheit und etwas zu essen. Trotzdem wollte er nicht in Mattis Haut stecken, der die Waffe in seiner Hand hielt und nun abdrücken musste.

»Traust du dich nicht?«, fragte Gabriel.

Matti antworte nicht. Und zögerte weiter.

Plötzlich hob die Schlange ihren Kopf. Züngelte.

Mike wusste, dass Schlangen mit der Zunge Witterung aufnahmen. Mit anderen Worten, sie hatte Matti ins Visier genommen. Er musste handeln, sich entscheiden: entweder endlich abdrücken und die Schlange erschießen oder abhauen. Dann aber bestand die Gefahr, dass die Schlange wieder entwischen würde.

Doch Matti handelte immer noch nicht! Wie ein erstarrtes Kaninchen stand er vor der Schlange und tat – nichts.

Jetzt wurde es selbst Elly zu dumm. Sie entriss Matti die Waffe, ging entschlossen einen Schritt auf die Schlange zu und – schoss! Einmal, zweimal. Und ein drittes Mal!

Nun war Matti es, der ihr die Waffe aus der Hand nahm.

»Sie ist tot!«, sagte er. »Es genügt!«

Die Schlange lag so still und friedlich vor ihnen wie zuvor, als sie sie entdeckt hatten. Nur das Blut unter ihr deutete darauf hin, dass Elly getroffen hatte.

Mike hätte seiner Schwester solchen Mut nicht zugetraut, und auch nicht, dass sie so gut mit einem Revolver zielen konnte. Trotzdem näherten sich alle vier nur vorsichtig der Giftschlange. Was, wenn sie doch noch lebte und im Todeskampf einen von ihnen biss?

Matti nahm sich einen Ast und wagte sich bis auf einen Meter an den Buschmeister heran. Einen Augenblick wartete er ab, dann schob er die Spitze des Astes unter den Kadaver, so dass er die Schlange nun hochheben konnte. Wie eine überdimensionale, schlaffe Lakritzstange hing sie von dem Stock herab.

»Die ist erledigt!«, behauptete Matti und legte das Tier auf dem Boden ab.

Alle vier betrachteten den toten Buschmeister, ohne ein Wort zu sagen. Mike vermutete, dass in diesem Moment alle das Gleiche dachten: Wer würde nun genug Mumm haben, ein Messer zu nehmen und die Schlange aufzuschneiden?

Mike hatte eine gute Ausrede, dies nicht tun zu müssen. Er zog schnell sein Survival-Buch hervor, suchte darin nach einem Schlangen-Rezept und – wurde tatsächlich fündig!

»Hier steht, wie man sie zubereitet!«, rief er begeistert.

Aus den Gesichtern der anderen sprach eher Erleichterung als Begeisterung.

»Okay!«, sagte Elly nur.

Und für Gabriel stand damit fest: »Elly hat sie erschossen, Mike weiß, wie man sie kocht. Also musst du sie ausnehmen!« Entschlossen zeigte Gabriel auf seinen Bruder, der leicht angewidert das Gesicht verzog und konterte: »Oder du!«

Gabriel winkte entschieden ab: »Ich bin der Kleinere von uns beiden!«

Nun huschte ein leichtes Lächeln über Mattis Gesicht.

»Ich werde dich bei anderer Gelegenheit daran erinnern!«, versprach er. Dann zog er sein Fahrtenmesser hervor und begann, die Schlange am Bauch aufzuschlitzen.

Mike mochte nicht hinsehen. Aber er hatte auch anderes zu tun. Er hatte nachgelesen, dass Schlangen zwar einerseits nahezu fettfreies und proteinhaltiges Fleisch enthielten; gesünderes Fleisch also konnte man kaum bekommen. Aber es bestand auch eine hohe Salmonellen-Gefahr. Elly, Gabriel und Matti wussten, was das bedeutete: Salmonellen waren Bakterien, die besonders bei Eiern und Geflügel auftraten. Aber auch in sonstigen Milchprodukten. Ihre Eltern hatten sie oft genug davor gewarnt, bei heißen Temperaturen Softeis zu essen. Deshalb sollte man – so stand es in Mikes Buch – auch Schlangenfleisch, selbst, wenn man es grillen wollte, zuvor abkochen. Sie mussten also wieder ihren »Muldenkochtopf« bauen.

Während Matti mit Gabriels Hilfe die Schlange ausnahm, fing Mike mit der Mulde an. Elly suchte die Gegend nach faustgroßen Steinen ab, die sie dann ins Feuer warf. Als Mike die Mulde gegraben hatte, zog er sein T-Shirt aus, legte die Mulde damit aus und füllte Wasser hinein. Jetzt mussten sie nur wieder warten, bis die Steine in dem Feuer glühend heiß geworden waren. Aber Matti und Gabriel hatten mit dem Zerlegen der Schlange ohnehin noch genug zu tun.

Um sie herum prasselte der Regen unvermindert auf sie nieder. Aber die Plane hielt, das Feuer brannte, und die vier blieben unter ihrem Schutz halbwegs trocken.

Als Matti und Gabriel fertig waren, trugen sie einen Stapel kleiner mundgerechter Stücke weißen Fleisches heran. Nichts erinnerte mehr an eine Schlange.

Mike und Elly atmeten auf.

»Wie bei der Fleischtheke im Supermarkt«, seufzte Elly erleichtert. »Da sieht man zum Glück auch nie, dass das mal Tiere waren.« Schon viel besser als noch eine Stunde zuvor konnte sie sich vorstellen, das Schlangenfleisch zu essen. Doch dazu musste sie sich noch eine Zeitlang gedulden, obwohl ihr Magen bereits bedenklich laut knurrte.

Matti legte einige der Fleischstücke ins Wasser der Mulde. Nun kam der heikle Teil ihrer Kochversuche. Sie mussten wieder die glühend heißen Steine aus dem Feuer heraus pulen und in das Wasser legen. Die Steine waren so heiß, dass schon nach wenigen Sekunden das Wasser zu brodeln anfing.

»Es kocht!«, freute sich Elly.

»Vorsicht!«, warnte Mike. »Wenn die Steine Risse haben, in die Wasser eingedrungen ist, könnten die explodieren!«

Gabriel konnte sich das nicht so richtig vorstellen. »Das hat beim ersten Mal doch auch geklappt, als wir die Termitenlarven gekocht haben.«

Mike zuckte mit den Schultern. »Da hatten wir nur wenige Steine mit wenig Wasser, für die paar kleinen Larven. Aber das hier ist jetzt eine richtig ernstzunehmende Kochmulde. Wir haben viel mehr Wasser und größere Steine. Also, wenn da …«

»Explodierende Steine?«, wollte Elly gerade nachfragen, als unter einem lauten Knall der erste Stein auseinanderflog.

»Scheiße!« Gabriel sprang in Deckung.

Auch die anderen hielten schützend die Arme vor ihre Gesichter. Doch es blieb bei dem einen zersprungenen Stein. Als das Wasser etwas weniger brodelte, weil die Temperatur der Steine absank, legte Matti nach.

»Wie lange muss das Fleisch kochen?«, fragte Gabriel.

Mike wusste es nicht. In seinem Buch hatte etwas von »sicherheitshalber eine halbe Stunde« gestanden.

Aber unter ihren Bedingungen einigten sich die vier darauf, dass eine Viertelstunde genügen musste, um die möglichen Salmonellen abzutöten.

Anschließend nahm Matti die Steine aus dem Wasser und warf sie ins Feuer zurück.

»Wir müssen uns gar keinen Grill bauen«, schlug er vor. »Wir heizen die Steine wieder auf, legen sie nebeneinander und dann braten wir das Fleisch auf dem ›Heißen Stein‹.«

Das fanden alle eine gute Idee.

»Wir hätten von zu Hause eine Flasche Ketchup mitnehmen sollen«, warf Gabriel in die Runde. Die anderen lachten. Und Gabriel wunderte sich. Er hatte es gar nicht als Witz gemeint. Als die anderen drei das kapierten, grölten sie erst recht los.

»Das wäre Gabriels Überlebensgürtel!«, kommentierte Mike. »Nicht etwa Messer, Taschenlampe, Verbandszeug und so weiter. Sondern Salz, Pfeffer, Mayonnaise, Ketchup!«

»Und Servietten!«, kicherte Elly.

Wieder lachten alle los. Diesmal auch Gabriel. Doch dann wurden sie schnell wieder ernst.

»Ich glaube, das erste Stück ist gar!«, verkündete Matti.

Schlagartig verstummten die anderen. Wer traute sich als Erster, davon zu essen?

Elly, die immer sehr für den Tierschutz war, erstaunte ihren Bruder, indem sie vorschlug: »Wir sollten ein Äffchen davon probieren lassen.«

Mike schaute sie befremdet an: »Du meinst, wenn das Fleisch doch giftig ist, dann willst du den Affen sterben lassen?«

Elly protestierte: »Nein! Ich dachte eher an Katzen, die verdorbenes Fleisch nicht anrühren!«

Matti verzog seine Mundwinkel und schaute skeptisch drein. »Na ja«, sagte er zweifelnd. »Es gibt viele Hunde und Katzen, die vergiftet wurden. Also immer merken die es wohl auch nicht.«

»Stimmt!«, räumte Elly resigniert ein. Und staunte nun ihrerseits, als Matti dennoch ihren Vorschlag aufgriff.

»Aber vielleicht ist das trotzdem keine schlechte Idee. Wir haben überhaupt keine Erfahrung damit, in der Wildnis zu überleben. Ich finde, da dürfen wir uns die Hilfe der Tiere holen.«

Elly kaute auf ihrer Unterlippe. »Ich weiß nicht, und wenn das Fleisch nun wirklich giftig ist?«

»Dann würden wir daran sterben oder krank werden«, erwiderte Matti.

Alle vier gafften das durchaus appetitlich aussehende Fleisch in der Muldenbrühe und die gebratenen Stücke auf den heißen Steinen an. Sie hatten es mit so viel Arbeit und Mühen zubereitet. Und jetzt trauten sie sich nicht, es zu essen?

»Woher kriegen wir überhaupt einen Affen, der bereit ist, etwas von unserem Essen zu probieren?«, fragte Gabriel.

Eine berechtigte Frage, fand Mike. Doch er hatte Bedenken: »Und wenn es dem Affen schmeckt? Was machen wir, wenn er seine ganze Horde herbeiruft und uns das Essen wegfrisst?«

Ellys Blick verfinsterte sich. »Du hast recht!«

Sie erinnerte sich an ihre erste Begegnung mit den Affen. Die hatten in aller Ruhe Luiz' Taschen ausgeräubert, ohne dass sie etwas dagegen hatten tun können.

Elly zögerte nicht mehr. Entschlossen griff sie zu, pickte sich mit Luiz' Taschenmesser einen Bissen aus der Muldenbrühe, pustete und steckte ihn sich unter den bewundernden, aber auch gespannten Blicken der drei Jungs in den Mund.

»Ich habe die Schlange erschossen«, sagte sie mit dem heißen Stück Fleisch im Mund. »Nun probiere ich sie auch!«

»Aber ...!« Mike blieb sein Kommentar im Halse stecken. Er mochte seine Befürchtung, dass das Fleisch ja vielleicht doch giftig oder unbekömmlich sein könnte, weder aussprechen noch zu Ende denken.

Elly kaute.

Die Jungs sahen ihr immer noch gebannt und schweigend zu.

»Schmeckt nicht schlecht. Ein paar Gewürze könnten allerdings nicht schaden. Es ist ziemlich fade«, berichtete sie. Dann schluckte sie den Bissen hinunter.

Nichts geschah.

Trotzdem rührten sich die drei Jungs nicht. Noch konnte alles Mögliche passieren.

Nur langsam wandten sie ihre Blicke von Elly ab, um sich gegenseitig unsicher anzuschauen. Matti war der Zweite, der sich traute. Auch er steckte sich ein Stück Fleisch in den Mund und kaute.

Nun gab es kein Halten mehr. Der Hunger war mittlerweile einfach zu groß.

»Was soll's!«, rief Gabriel. »Im Zweifel gehen wir alle vier gemeinsam drauf. Denn ohne euch will ich sowieso nicht weiter durch den Dschungel laufen!«

Ein gutes Argument, fand Mike. Genau das dachte er nämlich auch. Und so nahm auch er sich von dem Fleisch. Mit großer Erleichterung stellte er fest, dass es ihm schmeckte. Er versuchte, nicht mehr daran zu denken, woher das Fleisch stammte. Stattdessen schloss er die Augen und stellte sich vor, er würde daheim im Imbiss am Bahnhof ein frisch gegrilltes Hühnchen essen. Plötzlich schmeckte er tatsächlich Hühnchen an seinem Gaumen. Ob das der Grund dafür war, dass viele Leute behaupteten, Schlange würde nach Huhn schmecken? Hatten die Leute sich, um sich zu überwinden, genau wie er jetzt, einfach Hühnchen *vorgestellt*, als sie Schlange probierten? Wäre möglich, dachte er weiter bei sich, öffnete dann die Augen und stellte fest, dass es den anderen wohl ebenso schmeckte.

»Nicht schlecht!«, lobte Mike nun laut.

Die anderen nickten zustimmend.

»Ob das auch kalt schmeckt?«, fragte Elly. »So wie Huhn oder Pute? Dann könnten wir etwas übrig lassen für unterwegs.«

Kein schlechter Plan, dachte Mike. Die Schlange hatte eine beachtliche Größe gehabt. Das würde einiges an Vorrat für sie ergeben. Solange sie hier genug Feuer, Steine und Wasser hatten, konnten sie sich Zeit lassen mit der Zubereitung des gesamten Buschmeisters.

Matti legte ein Stück Fleisch beiseite, um es abkühlen zu lassen und später kalt probieren zu können. Erst einmal aber nahm er sich noch ein frisches heißes Stück und aß es sofort.

Niemand von ihnen dachte mehr daran, dass das Fleisch ihnen nicht bekommen könnte oder vielleicht sogar vergiftet war. Ihnen ging es gut. Und das blieb auch so, als sie schon eine ganze Weile so zusammengesessen und genügend gegessen hatten. Nach dem Essen waren sie so zufrieden und glücklich, dass niemand mehr an die Geräusche dachte, die erst Gabriel und später auch Mike gehört hatten.

Menschen!

So satt hatte Mike sich lange nicht mehr gefühlt. Allerdings konnte er sich auch nicht erinnern, jemals zuvor solchen Hunger verspürt zu haben. Und die Mahlzeit war nur durch Schwerstarbeit zustande gekommen. Aber sie hatten es geschafft.

Stolz und zufrieden hielten sich alle vier die Bäuche und lächelten sich glückselig an. Sie wollten sich eine halbe Stunde Ruhe gönnen, bevor sie damit begannen, ihr Nachtlager aufzuschlagen. Bald würde es dunkel werden, und der Regen hatte nachgelassen. Die Dachplane hatte gehalten, das Feuer brannte immer noch, vom zubereiteten Schlangenfleisch war noch nicht einmal die Hälfte vertilgt. Der Teil der Schlange, den sie noch nicht gegart hatten, lag ein paar Meter von ihnen entfernt. »Wir müssen die Reste, die wir nicht verbrauchen, entsorgen!«, sagte Mike in die Runde. »Sonst locken wir Aasfresser an.«

Matti erklärte sich bereit, mit seinem Klappspaten eine entsprechende Grube für den Rest der Schlange zu graben und diese abzudecken – eine Art Vorratskammer sozusagen. Die drei anderen wollten, nachdem sie sich ihre »Betten« gebaut hatten, noch bis tief in die Nacht Schlangenfleisch abkochen und braten, um zumindest für den nächsten Tag versorgt zu sein.

Mike fühlte sich für den Moment so wohl, dass er sich sogar traute, sich zum Ausruhen lang hinzulegen. Natürlich erst, nachdem er den Untergrund ein wenig frei gefegt und genau untersucht hatte, um nicht versehentlich auf einem Termitennest oder etwas Ähnlichem zu liegen.

Gabriel sammelte noch etwas Holz fürs Feuer. Und Elly wollte außerdem ein paar Beeren pflücken, damit sie am nächsten Tag außer dem Fleisch auch Obst zur Verfügung hatten. So gut ihr die Schlange auch geschmeckt hatte, konnte sie sich doch nicht vorstellen, das Fleisch auch zum Frühstück zu essen. Dann doch lieber ein paar Nüsse und Beeren.

»Das ist erst unsere zweite Nacht, aber ich habe schon Sehnsucht nach einem Kuchen oder Brötchen zum Frühstück!«, jammerte Gabriel.

»Ich kann ja mal schauen, ob ich hinter dem Busch einen Bäcker finde«, rief Elly ihm lachend zu und verschwand in den Büschen.

»Pass auf, dass du dich nicht verläufst!«, rief Matti ihr hinterher.

»Schon klar«, kam die Antwort aus dem Dickicht. »Ich sehe unser Feuer!«

Matti hob mit dem Spaten die Grube aus.

»Ich kann Gabriel verstehen«, rief er Mike zu. »Ich hatte zum Beispiel großen Appetit auf Feijoada heute Mittag.«

»Was ist das denn?«, fragte Mike.

»Ein Eintopf aus schwarzen Bohnen, Fleisch und Würstchen. Meine Mutter macht immer Reis oder Maniok dazu und dekoriert das Ganze mit Orangenscheiben«, schwärmte Matti.

Mike seufzte. Er mochte gar nicht daran denken, worauf er alles Appetit hatte. Lieber konzentrierte er sich darauf, sich zu freuen, dass ihm die Schlange so gut geschmeckt hatte. Obwohl eindeutig Gewürze gefehlt hatten.

»Sag mal, Matti?«, fragte er. »Meinst du nicht, wir könnten ein paar Kräuter finden, die man als Gewürze nutzen kann? Dann würde das Fleisch bestimmt noch besser schmecken.« Er dachte daran, wie toll sein Vater das Fleisch bei Grillabenden immer würzte.

»Bestimmt«, antwortete Matti. »Allerdings kenne ich mich damit nicht so gut aus. Ich weiß nicht mal, wie Oregano oder Thymian oder so aussieht. Und auch nicht, ob das hier wild wächst.«

»Ich glaube, Elly weiß zumindest, wie die Kräuter aussehen«, erzählte Mike.

Ein paar Minuten lang hörten sie nichts von Elly. Bis sie plötzlich aus dem Busch herausgeschossen kam.

»Kommt mal mit!«, bat sie mit einiger Aufregung in der Stimme.

Mike runzelte seine Stirn. Was war jetzt schon wieder passiert?

Die drei Jungs folgten ihr. Elly rannte voraus, blieb aber schon nach wenigen Metern stehen und zeigte auf den Boden: »Sagt mir, dass es nicht das ist, wofür ich es halte!«»Wofür hältst du es denn?«, fragte Gabriel.

Matti wartete Ellys Antwort nicht ab, sondern gab sie selbst: »Das ist die Spur eines Jaguars!«

»Ist die frisch?«, wollte Mike wissen.

Matti nickte. »Anzunehmen. Der heftige Regen hätte sie sonst weggespült. Aber diese Spur wurde *nach* dem Regen in die feuchte Erde gedrückt.«

»*Nach* dem Regen?«, wiederholte Mike langsam.

JAGUAR

Der **Jaguar** ist eine der größten Raubkatzen, nur der Tiger und der Löwe sind größer. Zwar hat er Ähnlichkeit mit dem Leoparden, im Vergleich ist sein Körper jedoch kräftiger, der Brustkorb größer und die Beine massiver. Er erreicht eine Körperlänge von bis zu 185 Zentimetern, außerdem hat er einen bis zu 70 Zentimeter langen Schwanz und kann bis zu 150 Kilogramm wiegen. Seine Fellfarben sind Hellgelb bis Rötlichbraun, mit dunklen, in Kreisen angeordneten Flecken. Im Zentrum der Fleckenkreise sind weitere Flecken. Genau das ist das Unterscheidungsmerkmal zum Leoparden. Die Flecken innerhalb des Fleckenkreises kommen beim Leoparden nicht vor.

Der Jaguar ist ein guter Kletterer und Schwimmer. Er kann auch sehr schnell laufen, allerdings nicht lange. Damit er seine Beute sicher fangen kann, schleicht er sich möglichst nah an sie heran.

Die alte indianische Bezeichnung »Yaguar« bedeutet frei übersetzt so viel wie »der Räuber, der seine Beute mit einem Sprung erlegen kann«.

Jaguare können bis zu 22 Jahre alt werden. Sie sind heute selten und stehen weltweit unter Naturschutz.

»Aber der Regen ist noch nicht mal eine halbe Stunde vorbei!«

Matti nickte.

»Schlimmer!«, ergänzte Elly. »Ich bin mir ziemlich sicher, dass ich hier entlanggegangen bin, als ich mit dem Suchen begann. Da gab es diese Spur noch nicht. Die wäre mir aufgefallen!«

»Vielleicht hattest du sie übersehen?«, hoffte Mike. Doch seine Schwester nahm ihm diese Hoffnung. »Ich habe doch nach Beeren gesucht, also mir die Umgebung sehr genau angesehen!«

»Also streifte der Jaguar vor kurzem in unserer unmittelbaren Nähe umher. Aber er hat uns nicht angegriffen!«, stellte Matti fest. »Und: Jaguare halten sich am liebsten in der Nähe von Flüssen oder Seen auf. Ich weiß nicht, ob das zu Beginn der Regenzeit auch so ist. Aber wenn hier eine Jaguarspur ist, dann sind wir vielleicht nicht allzu weit vom Wasser entfernt.«

»Super!«, freute sich Gabriel. »Denn dort, wo Wasser ist …«

»… trifft man irgendwann auch auf Menschen«, ergänzte Matti. »So weit die guten Nachrichten.«

»Gibt's auch schlechte?«, fragte Gabriel.

»Der Jaguar ist vermutlich noch immer in der Nähe!«, antwortete Matti. »Und wir wissen nicht, was er tut, wenn er Hunger bekommt.«

»O nein!«, stöhnte Mike laut auf. Da war er so froh

gewesen, die bedrohliche Schlange aufgestöbert und erlegt zu haben, und nun hatte ein Jaguar sie im Visier?

Er erinnerte sich, was Matti und Gabriel gesagt hatten: *Einen Jaguar auf der Jagd siehst du erst, wenn es zu spät ist.*

»Wir gehen zurück zum Feuer!«, schlug Matti vor. »Aber langsam und ruhig!«

Die anderen stimmten ihm lautlos zu, wandten sich um und – erstarrten!

Sie schauten einem ausgewachsenen Jaguar direkt in die Augen!

Scheiße!, dachte Mike. Das war's!

Auch die anderen standen stocksteif da.

Wie war das?, raste es durch Mikes Kopf. Wenn man einen Jaguar sieht, ist es zu spät? Nun sahen sie einen. Direkt vor sich. Vielleicht sieben, acht Meter von ihnen entfernt. Dort stand er, fixierte die vier Kinder und schien sich ebenfalls zu fragen, was er jetzt tun sollte. Denn dieser Spruch, dass man einen Jaguar eigentlich nie zu Gesicht bekommt, bedeutete nichts anderes, als dass er ein Anpirschjäger ist. Ähnlich, wie man es von der Hauskatze kennt, die sich im Garten eine Maus holt: Sie verhält sich still, am besten verdeckt, und wartet regungslos auf den günstigsten Moment zum Angriff. Dann ein gezielter Sprung, und das Opfer ist verloren. Genau so jagt auch der Jaguar.

Dass sie ihn jetzt so offen vor sich stehen sahen, hieß also, dass er keine Jagd auf sie gemacht hatte?

»Ganz ruhig stehen bleiben«, flüsterte Matti. »Wenn wir Glück haben, hat er keinen Hunger.«

»Und fühlt sich hoffentlich von uns nicht in die Enge getrieben«, ergänzte Elly, ebenfalls sehr leise. Auch sie bewegte sich keinen Millimeter.

Mike sah, wie Matti seine Hand ganz langsam zu seiner Tasche führte, um den Revolver herauszuziehen.

»Ich glaube, das würde ich lieber lassen«, zischte Elly ihm zu.

»Für den Fall, dass er einen von uns angreift, könnten wir ihn sofort retten«, erklärte Matti seinen Gedanken.

Doch Elly widersprach, wobei sie aber vermied, den Kopf zu schütteln. »Und was, wenn du einen von uns dabei triffst?«

Matti steckte den Revolver in die Tasche zurück und zog langsam, kaum merklich, seine Hand aus der Tasche. Mike war sich sicher, dass der Jaguar diese leichte Bewegung dennoch sehr wohl registriert hatte.

»Wir können nur hoffen, dass er sich von uns nicht bedroht fühlt«, flüsterte Elly. »Vermutlich ist es am besten, wenn wir uns überhaupt nicht bewegen.«

Das hatte auch Mike gerade gedacht. Obwohl er zugeben musste, er hatte keine Ahnung. Es war eine pure Vermutung. Was hatte er nicht alles schon an Geschichten gelesen: Bei einem angreifenden Bär sollte man sich möglichst ducken und sich sehr unterwürfig geben. Ebenso bei der Begegnung mit einem angriffslustigen Gorilla. Bei einem Wolf oder Hund hingegen sollte man sich möglichst groß machen und sich als Rudelführer aufspielen, einem Kampfhund nie direkt in die Augen sehen. Und so weiter. Mike hatte keinen Schimmer, ob irgendeiner dieser Ratschläge stimmte.

Er wusste nur, einer seiner Mitschüler hatte daheim einen Retriever. Vor dem konnte man sich aufbauen und groß machen wie man wollte, der gehorchte trotzdem nicht und ließ sich nicht daran hindern, einen anzuspringen und abzulecken. Kurzum, keiner von ihnen besaß die Spur einer Ahnung, was sie jetzt tun sollten, um von dem Jaguar nicht angegriffen zu werden.

Der Jaguar ging zwei Schritte auf sie zu und blieb dann wieder stehen.

Mike rutschte das Herz in die Hose und er fragte sich, ob Raubkatzen seine Angst riechen konnten, so wie man es Hunden nachsagte.

»Der ist nicht auf Jagd«, behauptete Elly zu wissen. »Der checkt nur ab, wer wir sind und ob er sich gegen uns wehren muss.«

»Na toll«, zischte Mike. »Dann sag ihm doch, dass wir ganz lieb sind.«

»Tu ich auch!«, antwortete Elly für Mike völlig überraschend.

Elly begann, in ruhigem Ton auf den Jaguar einzureden: »Wir tun dir nichts. Wir sind ganz brav. Hörst du? Wir haben uns nur verlaufen und wollen nichts von dir.«

Es klang lächerlich angesichts einer fast zwei Meter großen, stämmigen Raubkatze, der sie gegenüberstanden. Da der Jaguar die Worte ohnehin nicht verstand, aber – wenn sie Glück hatten – den Tonfall richtig deuten konnte, war der Inhalt eh egal.

»Wir möchten nur gaaaanz friedlich weitergehen, weißt du?«, sprach Elly weiter.

Der Jaguar verzog das Gesicht zu einer Miene, die man leicht als ein hässliches Grinsen verstehen konnte, und zeigte sein gefährlich kräftiges Gebiss. Dazu stieß er plötzlich ein tiefes, bedrohliches Fauchen aus!

Wieder fuhr Mike der Schreck durch die Glieder.

»Eine Drohgebärde!«, vermutete Elly.

Mike bemerkte, dass sie einfach nur Rückschlüsse von der Hauskatze ihres Nachbarn auf den Jaguar zog – so wie er es in Gedanken auch schon getan hatte.

»Lasst uns langsam ein paar Schritte zurückgehen!«, schlug Elly vor und machte selbst sogleich den Anfang.

Matti und Gabriel folgten ihrem Rat. Und auch Mike ging vorsichtig zwei Schritte rückwärts.

»Es darf nicht nach Flucht aussehen!«, glaubte Elly zu wissen. »Aber deutlich nach Rückzug.«

»Okay!«, stimmte Matti ihr zu.

Alle vier gingen nun gleichzeitig einen weiteren Schritt zurück. Ganz ähnlich wie die Mauer einer Abwehrkette bei einem direkten Freistoß im Fußball, schoss es Mike durch den Kopf. Nur, dass der Jaguar offenbar nicht Ball spielen wollte, sondern zu überlegen schien, wen der vier er sich gleich zuerst schnappen sollte.

Mike empfand ihre Situation als unerträglich, wie sie dieser mächtigen Raubkatze gegenüberstanden, keine Ahnung hatten, was sie tun sollten, und eigentlich nur beten konnten, verschont zu werden.

Doch der Jaguar schien sich zu beruhigen.

Sein Fauchen wurde leiser.

Und dann – setzte er sich!

Na prima!, dachte Mike. Auch dieses Verhalten kannte er von der Nachbarskatze. Diese Sitzposition konnte nun Minuten oder Stunden dauern. Und so bequem und entspannt sie aussah, das hieß keineswegs, dass der Jaguar seinen Plan aufgegeben hatte, sie anzugreifen. Jede Sekunde konnte er sein Verhalten ändern. Von der gemütlich scheinenden Sitzposition zum sofortigen Sprung an die Kehle seines Opfers. Eine einzige falsche Bewegung konnte dafür unter Umständen ausreichen.

»Was machen wir denn jetzt?«, wagte Gabriel zu fragen. Auch er schien zu befürchten, dass der Jaguar es in dieser Position sehr, sehr lange aushalten konnte.

Niemand antwortete ihm, weil niemand eine Antwort wusste. Um zu ihrem Lager zurückkehren zu können, mussten sie an der Raubkatze vorbei, oder einen Umweg gehen, der die Gefahr in sich barg, sich zu verlaufen, und der vor allem keine Gewähr bot, dass der Jaguar ihnen nicht folgen würde. Aber einfach stehen zu bleiben und zu warten ging auch nicht. Es konnte eben ewig dauern.

Mike überlegte: Ob man den Jaguar vielleicht weglocken oder ablenken könnte? Gerade hatte er diesen Gedanken gefasst, da schien ihn schon jemand umsetzen zu wollen. Denn im selben Moment ertönte ein schrilles Geschrei durch den Wald.

Nicht nur Mike zuckte zusammen. Auch Matti, Gabriel und Elly erschraken sich.

Der Jaguar erhob sich augenblicklich, stand wieder auf seinen vier Pranken, legte den Kopf in den Nacken und schaute in die Baumkronen.

Wie auf einer Tribüne hockte dort eine Affenhorde und beobachtete, was sich unten abspielte. Einer der Affen hatte diesen Schrei ausgestoßen, warum auch immer. Nur ein einzelner kreischender Ruf, aber der genügte, um die Aufmerksamkeit des Jaguars auf sich zu ziehen. Die anderen blieben auf ihren Ästen sitzen und betrachteten das Schauspiel mit einem solchen Interesse, als hätten sie Eintritt bezahlt.

Der Jaguar ließ sich aber nicht weiter von der Affenhorde beeindrucken. Jedenfalls unternahm er keinerlei Versuche, ihnen nachzustellen oder sie zu verjagen. Ein einfaches tiefes Fauchen nur, als wollte er den Affen klarmachen, dass sie nervten. Dann wandte er sich wieder ab, und warf den vier Menschen einen Blick zu, von dem Mike nicht wusste, was er bedeutete. Vielleicht hielt er Mike und seine Freunde für einen Teil der Affenfamilie? Was nicht das Schlechteste wäre, dachte Mike. Denn die Affen schienen ihn ja nicht weiter zu interessieren. Oder aber er überlegte, was er mit den seltsamen Gestalten anfangen sollte, die sich hier durch das Dickicht schlugen.

Ob er jemals zuvor schon Menschen begegnet ist?, fragte sich Mike gerade, als erneut Rufe durch den Wald hallten. Diesmal waren es keine Affen, sondern eindeutig und unzweifelhaft menschliche Stimmen!

Also doch!, schoss es Mike durch den Kopf. Er und Gabriel hatten recht gehabt, als sie Stimmen gehört hatten!

Wie gern hätte er die Rufe der Menschen jetzt erwidert. Aber er traute sich nicht, zurückzurufen, um den Jaguar nicht aufzuschrecken. Die anderen brachten ebenfalls keinen Ton heraus. Die Rufe konnten von ihrem Lager her kommen, dachte Mike bei sich. Möglicherweise hatte ein Suchtrupp es entdeckt und jetzt riefen sie nach ihnen?

Sie mussten antworten! Auch, wenn sie damit das Risiko eingingen, den Jaguar nervös zu machen. Die Gefahr war zu groß, dass der Suchtrupp in eine falsche Richtung abmarschierte und sie nie gefunden wurden!

Mike fasste sich ein Herz und rief: »Hier sind wir! Hierher!«

Elly sah ihn entsetzt an. Zugleich wechselte ihr Blick zum Jaguar, den Mikes Ruf allerdings nicht aus der Fassung zu bringen schien. Eher im Gegenteil. Er senkte kurz den Kopf, schaute erst in eine andere Richtung, dann wieder zu Mikes Gruppe.

Mike versuchte es gleich noch mal.

»Hierher!«, rief er.

Dem Jaguar schien es zu laut zu werden. Jetzt drehte er endgültig ab und verschwand im Dickicht, so lautlos, wie er gekommen war. Einen Augenaufschlag später war er schon nicht mehr zu sehen.

Im nächsten Moment sah Mike, wie sich auf der gegenüberliegenden Seite einige Zweige und Äste bewegten. Etwas kam auf sie zu. Ein zweiter Jaguar? Soweit er wusste, jagten Jaguare nicht wie Löwen im Rudel, sondern allein. Aber wenn er sich täuschte?

Doch es tauchte keine weitere Raubkatze aus dem Dickicht auf, sondern – zwei Männer!

Ihre Rettung!

Mike wollte schon losjubeln, doch seine Freude verebbte abrupt. Vielleicht tat er den Männern unrecht, aber sie sahen überhaupt nicht so aus, wie Mike sich einen Suchtrupp im Auftrag seines Vaters vorgestellt hatte. Wahrscheinlich wären doch Polizisten losgeschickt worden, um sie zu suchen, oder »Ranger« oder wie immer das hier hieß. Auf jeden Fall Männer, die irgendwie »offiziell« aussahen – in Uniformhemden, mit irgendwelchen Abzeichen oder so. Diese beiden Männer hier aber streiften in zerlumpter, teils zerrissener, verdreckter Kleidung durch den Busch, unrasiert mit wilden, ungekämmten, vermutlich seit Wochen nicht mehr gewaschenen Haaren.

Und sie trugen nur ihre Gewehre im Anschlag. Alte, verrostete Waffen, die aber durchaus noch funktionsfähig erschienen. Hatte Gabriel nicht Schüsse gehört? Eben!

Die beiden Männer richteten ihre Gewehrläufe nun direkt auf die vier Kinder.

Mike wurde schlagartig klar: Diese Männer waren keinesfalls gekommen, um sie zu retten!

Matti hob beschwichtigend die Hände und begrüßte die Männer in brasilianischem Portugiesisch. Mike verstand nichts, aber nahm stark an, dass Matti ihnen in kurzen Worten erklärte, wer sie waren, woher sie kamen und dass sie dringend Hilfe brauchten.

Die Männer sahen sich unschlüssig an und ähnelten

einen Augenblick lang dem Jaguar zuvor, der ebenfalls unschlüssig gewesen war, ob er die Kinder ignorieren oder töten sollte. Übers Helfen schienen sie überhaupt nicht nachzudenken.

Sie sprachen nicht miteinander, sondern sahen sich nur finster und ratlos an. Bis der eine der beiden ein kurzes Kopfnicken zeigte.

Daraufhin nickte auch der andere. Aber nicht mit dem Kopf zu seinem Kumpel, sondern mit dem Gewehrlauf zu den Kindern, was wohl bedeuten sollte: Auf geht's! Mitkommen!

Gefangen

Es dauerte eine Zeit, bis Mike begriff, was hier mit ihnen geschah. Er wollte es einfach nicht wahrhaben. Da hatten sie mit einem unbeschreiblichen Glück einen Flugzeugabsturz mitten im Dschungel überlebt, waren fortan ohne jegliche Erfahrung, Ausrüstung, Kenntnisse des Regenwalds und ohne Hilfe irgendeines Erwachsenen vollständig auf sich allein angewiesen gewesen, sich durchzuschlagen und zu überleben, immer nur mit der einen Hoffnung, auf Menschen zu stoßen, die ihnen helfen und die sie retten konnten. Und dann trafen sie nach zwei Tagen endlich auf zwei Männer, und denen fiel nichts Besseres ein, als sie zu bedrohen und mit Waffengewalt zu verschleppen?

Denn genau das taten die Männer gerade: Sie verbanden den Kindern mit ihren Halstüchern die Augen, befahlen ihnen, die Hände hinter den Kopf zu legen und trieben sie vor sich her. Mike wusste nicht, ob die anderen drei vor oder hinter ihm gingen, ja, nicht einmal, ob sie überhaupt noch da waren oder sie einzeln abgeführt wurden.

Doch plötzlich hörte er einen Aufschrei seiner Schwester. Mit verbundenen Augen musste sie über ein Geäst oder eine Baumwurzel gefallen sein. Es folgte sofort ein Befehl eines der Männer, zwar auf Portugiesisch, aber Mike nahm an, Elly solle einfach nur wieder aufstehen und weitermarschieren.

Auch er musste aufpassen, nicht hinzufallen, während er nahezu blind durch den Dschungel stolperte. Alle paar Schritte drückte ihm einer der Männer den Gewehrlauf in den Rücken. Mike zitterte am ganzen Leib vor Angst. Immerhin war er nicht vollends blind. Die Männer hatten ihm das Halstuch nicht sorgfältig genug um die Augen gelegt, so dass er, wenn er den Kopf ein wenig in den Nacken legte, unter dem Tuch ein bisschen hindurchschielen und seine Füße und ein wenig vom Boden sehen konnte. Genug, um nicht zu stolpern und auf die Nase zu fallen wie seine Schwester; zu wenig, um den Weg zu erkennen, den sie gingen. Den hätte er sich vermutlich ohnehin nicht merken können. Schon ohne verbundene Augen hatten sie immer zusammenbleiben und höllisch aufpassen müssen, um sich nicht allein in dem dichten Regenwald zu verirren. Insofern hätten die Banditen sich auch die Mühe sparen können, ihnen die Augen zu verbinden.

Banditen! Genau das waren sie wohl, dachte Mike bei sich. Wer sonst würde eine Gruppe gestrandeter, verirrter Kinder, die dringend Hilfe suchten, gefangen nehmen statt sie zu retten? Offenbar hatten die Männer Angst, dass die Kinder sie verraten könnten. Da man ihnen aber die Augen verbunden hatte, rechnete sich Mike Chancen aus, freigelassen zu werden. Sie mussten die Banditen nur schnell davon überzeugen, dass sie noch gar nichts gesehen hatten, was sie überhaupt verraten könnten. Ja, dass sie nicht einmal wussten, wo sie sich befanden.

Sie zogen eine ganze Zeit lang durch den Dschungel. Trotzdem kamen sie nicht allzu weit. Im dichten Urwald kam man ohnehin nicht schnell voran. Und mit verbundenen Augen schon gar nicht. So musste das Quartier der Banditen sich in unmittelbarer Nähe des Ortes befinden, an dem Mike und seine Freunde Rast gemacht und ihr Lager aufgeschlagen hatten. So dicht also hatten sie es zu Menschen geschafft, die ihnen eigentlich hätten helfen können! Die Rettung war so nah! Und dann so etwas.

Einer der Männer befahl ihnen, stehen zu bleiben. Mike hatte das portugiesische »Pare!« nicht richtig verstanden und so prallte er auf seinen Vordermann.

»Aua!« An der Stimme erkannte er Gabriel.

Wenigstens waren die anderen noch bei ihm, stellte Mike erleichtert fest. Er hörte nun, wie die Männer mit anderen sprachen. Das Gespräch wurde heftiger, artete aus zu einem Streit. Mike verstand nicht, was sie sagten. Aber er konnte sich vorstellen, dass die Männer hier im Quartier nicht begeistert waren, dass die anderen ihnen vier Kinder als Gefangene anschleppten. Jetzt brüllten sich die Männer sogar an. Und Mike hatte das Gefühl, dass die Sache nicht gut für sie ausgehen würde.

Was würde wohl mit ihrem eigenen Lager geschehen? Mit all ihren Sachen, die sie aus dem Flugzeug zusammengeklaubt hatten? Wenig, aber dennoch absolut notwendig zum Überleben. Brauchten sie die noch? Würden sie wieder allein in den Dschungel entlassen werden? Oder würden die Männer vielleicht doch noch Erbarmen zeigen und sie vielleicht mit in den nächsten Ort nehmen und dort aussetzen?

Mike betete innerlich, dass er mit seiner Vermutung recht hatte und sie nun doch kurz vor ihrer Rettung standen. Vielleicht schon heute oder spätestens morgen würde man sie vielleicht mit einem Flugzeug in den nächsten Ort bringen. Oder einem Hubschrauber oder einem Boot, wenn ein Fluss in der Nähe war. Grundlos eine Gruppe Kinder festzuhalten war doch einfach irrsinnig. Denn die Alternative hieße ja … Mike dachte diesen Gedanken lieber nicht zu Ende.

Nein, das würden die Männer nicht tun.

Oder?

Würde man sie umbringen und hier liegen lassen – niemand würde sie je finden. Schon nach sehr kurzer Zeit wäre kaum etwas von ihnen übrig.

Also auch diese furchtbare Möglichkeit wäre für die Banditen vollkommen ohne Risiko. Mikes Euphorie schwand so schnell, wie sie gekommen war.

Er spürte, dass die Männer vor einer Entscheidung standen; einer Entscheidung, von der sein Leben und die seiner Freunde abhingen.

Einer der Männer stieß Mike von hinten in den Rücken: die Aufforderung weiterzugehen, der Mike, ohne zu murren, Folge leistete. Die Männer führten sie in eine Hütte, soweit Mike das unter seiner Augenbinde hindurch erspähen konnte.

Er hörte, wie hinter ihm eine Tür zugeschlagen wurde, die aus Bambus oder Holz gefertigt sein musste. Besonders stabil hörte sie sich jedenfalls nicht an. Vermutlich postierten sie eine Wache davor. Und hier drinnen? Waren sie nun allein?

Mike stand da, noch immer die Hände hinter seinem Kopf gelegt, die Augen verbunden und wartete ab.

Nachdem eine Zeitlang nichts passiert war, wagte er es, langsam seine Hände vom Kopf zu lösen. Doch im selben Augenblick zog ihm jemand die Binde von den Augen.

Mike zuckte kurz zusammen, dann sah er Matti neben sich, der ihnen sagte: »Sie sind weg. Wir sind hier drinnen unter uns. Ihr könnt die Binden abnehmen und die Hände runternehmen.«

Elly und Gabriel rissen sich die Binden runter. Und schauten sich ängstlich um.

»Wo sind wir?«, fragte Gabriel.

Sofort legte Matti seinen Finger auf den Mund.

»Pst! Wir wissen es nicht. Und solange wir es nicht wissen, haben sie keinen Grund, uns zu töten.«

Elly wurde bleich, und Tränen schossen ihr in die Augen. Ein Gedanke, den sie offenbar zuvor nicht gehabt hatte:

»Uns töten?«, stieß sie entsetzt aus. »Wie ... kommst du denn darauf?«

Die Frage bekam sie nur noch stotternd und schluchzend heraus.

Matti nahm sie tröstend in den Arm. »Entschuldigung. Das war dumm von mir. Nein, niemand wird uns töten!«

»Da bin ich mir aber nicht ...« ... *so sicher*, hatte Mike sagen wollen.

Doch ein scharfer Blick von Matti hinderte ihn daran.

Mike verstand.

Seine Schwester – und vielleicht auch Gabriel – hatte an diese Möglichkeit noch nicht gedacht. Nur sehr langsam wurde auch Mike bewusst, wie wahrscheinlich es war, dass die Männer sie nicht retten würden.

Selbst wenn man sie wieder in den Dschungel entließ, Mike war sich ziemlich sicher: Sie würden allein nie wieder zu ihrem Lager finden! Auch das käme also einem Todesurteil gleich.

Er musste sich erst einmal setzen. Plötzlich wurde es schlagartig dunkler in ihrer Hütte. Ihre Bewacher verschlossen die beiden Fenster von außen mit Holzplatten, noch ehe eines der Kinder auf die Idee gekommen wäre, hinauszuschauen, wo sie sich überhaupt befanden.

Matti sprang zwar noch schnell zu dem Fenster, an dem das Anbringen der Holzplatte langsamer vor sich ging, doch auch er kam zu spät und konnte nur noch einen zu kurzen Blick hinauswerfen.

»Verdammt!«, fluchte er.

Durch die Ritzen der Hütte drang kaum Licht ins Innere, so dass sie nun fast im Finsteren standen.

Mike setzte sich auf den leeren Boden und lehnte sich an die Wand. Diese Haltung gab ihm im Dunkeln das sicherste Gefühl.

»Ich sehe euch nicht!«, klagte Elly. »Wer sind die Männer? Was wollen die von uns?«

»Holzmafia«, antwortete Matti. »Du hast doch bei unserem Flug gesehen, wie der Regenwald abgeholzt wird.«

Elly erinnerte sich gut. Die schrecklichen Bilder würde sie vermutlich nie wieder vergessen.

»Aber ob du's glaubst oder nicht, das war schon eine eingeschränkte Rodung des Waldes. Mehr abzuholzen ist verboten«, erläuterte Matti weiter.

»Noch mehr?«, rief Elly entsetzt. Sie konnte sich nicht vorstellen, wie man den Regenwald noch mehr und noch schneller vernichten konnte.

Doch Matti wusste, dass Tropenholz in der ganzen Welt so beliebt war, dass es über die immense Abholzung des Regenwalds hinaus noch ein Millionengeschäft war, illegal geschlagenes Holz zu verkaufen.

Elly schüttelte den Kopf, was im Dunkeln aber niemand sah. »O Mann!«, stöhnte sie. »Aber es weiß doch mittlerweile wirklich jedes Kind, dass wir das Weltklima zerstören, wenn wir den Regenwald vernichten.«

»Aber das ist doch denen egal, die damit ein Geschäft machen. Die leben nur in der Gegenwart. Unsere Zukunft ist denen schnurz!«, erläuterte Matti.

»Psst!« Gabriel unterbrach das Gespräch. »Da kommt jemand.«

Er hatte recht. Ein Mann öffnete die Tür und trug ein Tablett herein, auf dem ein Brot und eine Flasche Wasser lagen.

»Pão de Batata!«, erkannte Gabriel mit Kennerblick.

Auch Mike und Elly hatten das brasilianische Kartoffelbrot bereits kennengelernt. Es schmeckte beiden hervorragend!

Der Mann nickte, zeigte ein kurzes Lächeln, stellte das Tablett in der Mitte des Raumes ab und wollte gerade wieder gehen.

»Por favor, espere!«, rief Matti ihm nach.

Der Mann blieb stehen, wandte sich Matti zu, aber ohne ein Wort zu sprechen.

»Precisamos de um pouco de luz!«, bat Matti.

Mike verstand ihn nicht. Nur das Wort »luz«, was Licht bedeutete.

Ja, dachte er, ein wenig Licht wäre schön.

Der Mann nickte und ging.

Vor der Tür wurde er bereits von einem anderen, bewaffneten, Mann erwartet, der hinter ihm die Tür wieder schloss und die Kinder erneut in der Dunkelheit zurückließ.

»Wo ist jetzt das Tablett?«, fragte Elly. »Ich sehe es nicht. Ich habe Durst. Und Hunger!«

»Wir alle, denke ich«, antwortete Matti. »Wartet, ich taste mich heran. Nicht, dass wir versehentlich das Brot in der Dunkelheit zertreten.«

»Was wohl mit unseren Sachen ist?«, fiel Mike in diesem Moment wieder ein.

»Ich hoffe, die Männer haben sie geholt und hergebracht«, antwortete Gabriel. Seine Stimme kam aus einer Richtung, in der Mike ihn gar nicht vermutet hätte.

»Ich glaube …«, setzte Matti an. Er brach ab, weil

sich erneut die Tür öffnete. Derselbe Mann, der das Essen gebracht hatte, kehrte zurück mit einer Petroleumlampe in der Hand, die er neben das Tablett auf den Boden stellte. Sie leuchtete die kleine Hütte bei weitem nicht aus, aber immerhin saßen die Kinder nun nicht mehr in völliger Dunkelheit, sondern konnten sich, das Brot, die Flasche Wasser und die Umrisse des Raumes in dem fahlen Lichtschein der Lampe deutlich erkennen. Der Mann drehte den Docht ein wenig höher, worauf es sofort angenehm heller wurde.

Matti bedankte sich bei ihm.

Der Mann zeigte keinerlei Reaktion, sondern verließ die Hütte so wortlos, wie er gekommen war. Hinter ihm schloss der bewaffnete Wachmann erneut die Tür.

Matti wartete ein wenig ab, dann winkte er die anderen zu sich, öffnete die Wasserflasche und reichte sie Elly. Die trank gierig, achtete dennoch penibel darauf, dass für die anderen drei genügend Wasser übrig blieb. Als sie fertig war, reichte sie Gabriel das Wasser und er reichte es weiter an Mike. Matti trank zuletzt und leerte die Flasche.

Es wäre klüger gewesen, sich Wasser aufzubewahren, dachte Mike. Nun mussten sie das Brot trocken essen. Aber der Durst war bei allen vieren zu groß gewesen, um einen Gedanken daran zu verschwenden, sich die Flasche besser einzuteilen. Vielleicht hatten sie Glück und der Mann würde ihnen bald eine zweite

Flasche bringen. Auf jeden Fall brach Mike sich trotzdem ein Stück vom Brot ab und aß es genüsslich. Die anderen machten es ihm nach.

»Der Mann gehörte nicht zu den Banditen«, behauptete Matti, was Mike sehr erstaunte.

»Wie kommst du darauf?«

»Na ja«, setzte Matti zu einer Erläuterung an. »Illegal große Flächen Regenwald abzuholzen und zu verkaufen, das macht man ja nicht mal eben mit einer kleinen Gaunerbande von zehn oder zwanzig Leuten. Es kann gut sein, dass hier hundert Arbeiter beschäftigt sind, genauso wie bei einem normalen Betrieb.«

»Angestellt?«, wiederholte Elly ungläubig. »Bei einer Gangsterbande? Bei der Mafia?«

»Ja!«, antwortete Matti, als wäre es ganz natürlich. »Die Arbeiter brauchen das Geld. Wenn sie sonst keine Arbeit bekommen, fangen sie eben hier an. Harte, illegale Arbeit für sehr wenig Lohn. Und immer mit einem Bein im Gefängnis.«

»In Kolumbien holzen sie sogar Regenwald ab, um Drogen anzubauen«, ergänzte Gabriel. Das hatte sein Vater ihm mal erzählt.

Matti nickte ihm zu. »Gabriel hat recht. Vielleicht fangen sie hier auch schon damit an.«

Elly stöhnte laut auf. »Ihr wollt damit sagen, dass wir vielleicht in die Hände von Drogengangstern gefallen sind?«

»Möglich wäre es«, bestätigte Matti. »Aber wie gesagt. Die Männer mit den Gewehren bewachen nicht nur uns, sondern auch die Arbeiter. Wie den Mann, der uns das Essen gebracht hat.«

Mike verstand allmählich, was Matti ihnen damit sagen wollte. »Du meinst, der Mann, der eben hier hereinkam, könnte uns vielleicht helfen?«

»Genau!«, sagte Matti. »Wenn er genug Mut hat. Vermutlich ist er selbst Familienvater. Und er hat gesehen, dass wir Kinder sind. Vielleicht ist das unsere Chance!«

»Moment, Moment!«, Elly sprach mit vollem Mund dazwischen. Sie gab mit der Hand ein Zeichen, ein wenig zu warten, dann kaute sie schnell, schluckte ihren Bissen hinunter und setzte von neuem an: »Das heißt, du denkst ernsthaft daran, von hier zu fliehen?«

»Selbstverständlich!«, antwortete Matti.

Flucht

Elly musste sich sichtlich zusammenreißen. Sie zitterte am ganzen Leib vor Angst. Trotzdem biss sie die Zähne zusammen und nahm sich fest vor, ihren Auftrag zu erfüllen, so wie sie es besprochen hatten. Nachdem sie ihr Wasser getrunken und das Brot gegessen hatten, hatten sie sich zusammengesetzt, um einen Fluchtplan zu schmieden. Sie nahmen an, dass der Mann noch mal kommen würde, um ihnen eine neue Flasche Wasser zu bringen oder um die Kinder – vermutlich einzeln nacheinander – auf Toilette gehen zu lassen. Denn hier in der Hütte gab es keine Möglichkeit dazu.

Mike hoffte, dass sie wenigstens ein paar Decken zum Schlafen bekommen würden, wenn schon keine Matratzen. Wenn das nächste Mal jemand hereinkam, sollte auf jeden Fall der erste Teil ihres Plans beginnen.

Fliehen konnten und wollten sie noch nicht – nicht

in dieser Nacht. Wichtiger war es, zunächst einige Informationen zu sammeln: Wo befand sich ihre Ausrüstung? Ohne sie hatten sie keine Chance, sich allein durch den Dschungel zu schlagen. Würden sie ihren alten Lagerplatz wiederfinden, beziehungsweise ihre Ausrüstung zurückerobern können? Wie viele Männer arbeiteten hier, wie viele von ihnen waren bewaffnet, wie viele waren abgestellt worden, um sie zu bewachen?

Um diese Dinge zu erfahren, hatten sie einen Plan ausgearbeitet: Elly sollte nach einer Toilette fragen. Der Mann oder einer der Wächter würde sie hinausführen und sie dann – so hofften sie – für ein paar Minuten unbeaufsichtigt lassen. Elly hatte nur diese kurze Zeitspanne, aber die musste sie nutzen, um so viel wie möglich zu erfahren. Anschließend würden die drei Jungs nacheinander darum bitten, auch auf die Toilette gehen zu dürfen, und weitere Informationen beschaffen. Matti wollte zudem versuchen, den Mann, der ihnen das Wasser brachte, zu befragen. Anschließend würden sie alle Informationen auswerten und danach einen Fluchtplan schmieden.

Alles hing aber davon ab, dass nun wirklich noch einmal jemand kam, um ihnen Wasser zu bringen. Schon eine Stunde warteten sie vergeblich. Mike schaute auf seine Uhr.

»Die haben uns vergessen«, sagte er frustriert.

»Und ich muss allmählich wirklich mal«, klagte Elly. Sie wusste sowieso nicht, wie sie auskundschaften sollte. Aber wenn sie nicht nur so tat, sondern wirklich ihr Geschäft erledigen musste, dann würde ihr auch gar keine Zeit bleiben, sich umzusehen. Matti erkannte das Problem und stimmte ihr zu. Andererseits, so sagte er, hatten sie keine andere Chance.

»Ich muss jetzt auch wirklich«, sagte Gabriel.

Mike und Matti erging es nicht besser.

»Okay, wir rufen jemanden«, entschied Matti. »Und dann sehen wir, was sich ergibt. Wir wissen alle, worauf es ankommt. Also versuchen wir unser Glück, wenn wir pinkeln gehen dürfen.«

»Ach, wenn's nur pinkeln wäre!«, warf Gabriel ein.

Matti verzog nur das Gesicht. Auch die anderen gingen nicht weiter auf Gabriels Bedürfnis ein. Sie wussten, was sie zu tun hatten. Das Wichtigste war, herauszufinden, wo sich ihre Ausrüstung befand und wie sie an sie herankamen.

»Olá!«, rief Matti laut durch die geschlossene Tür. »Alguém me ouve? Nós precisamos usar o banheiro!«

Es dauerte nicht lange, bis tatsächlich jemand die Tür öffnete und seinen Kopf in die Hütte steckte. Es war leider nicht der Mann, der ihnen zu essen und zu trinken gebracht hatte, sondern einer der Wächter, mit seinem Gewehr im Anschlag.

Die vier Kinder wichen sofort ein paar Schritte zurück. Unterwürfig senkten sie ihre Köpfe. Keiner wollte dem Wächter direkt in die Augen schauen.

Nur Matti wagte sich einen kleinen Schritt vor und wiederholte seine Bitte.

Der Wächter überlegte einen kleinen Moment. Dann nickte er und gab mit dem Gewehrlauf das Zeichen, dass sie gehen sollten: alle!

Verwirrt wechselten die Kinder Blicke untereinander. Sie hatten abgesprochen, dass Elly zuerst gehen sollte. Jetzt wurden sie aufgefordert, alle gleichzeitig zu gehen! So konnten sie zwischen den einzelnen »Ausflügen« ihre Informationen nicht abgleichen und auswerten.

Matti nickte und ging voran, hinter ihm Gabriel, dann folgte Elly und als Letzter ging Mike. In seinem Nacken spürte er den Wächter, der sie antrieb.

»Cinco Minutos!«, wies er die Kinder an.

Fünf Minuten!, dachte Mike. Da sie alle wirklich mal mussten, blieb ihnen also so gut wie keine Zeit, irgendetwas hier draußen auszukundschaften.

Trotzdem versuchte Mike, so gut es ging, sich ein Bild von dem Lager zu machen, in dem man sie gefangen hielt. Neben einer Reihe von kleinen Hütten, die oft nur aus Zeltplanen bestanden und kreisförmig angeordnet waren, entdeckte Mike zwei Kanus, die neben einer Zelthütte bereitstanden. Sie waren also tatsächlich in der Nähe eines Flusses! Zwischen den einzelnen Zelthütten brannten Fackeln, die einfach nur in den Boden gesteckt waren. Über den Eingängen der Hütten leuchteten Petroleumlampen; solche, wie sie auch eine bekommen hatten. Manche Hütten waren derart auch von innen beleuchtet, andere ganz dunkel. Entweder standen sie leer, oder die Leute darin schliefen bereits.

In der Mitte des kreisrunden Platzes brannte ein größeres Lagerfeuer, an dem etwa vier bis fünf Männer saßen, die sich unterhielten und etwas tranken. Soweit Mike in der Eile erkennen konnte, trugen sie keine Waffen bei sich.

Mike erhielt einen Stoß in den Rücken. Er sollte sich beeilen. Mike stolperte vorwärts, schaute sich um und stellte fest, dass es offenbar keine Toiletten gab, zumindest keine, die sie und seine Freunde benutzen durften. Der Wächter schickte sie einfach in den Wald.

Es wäre ein Leichtes, jetzt zu fliehen, schoss es Mike durch den Kopf. Aber wohin? Und allein? Ohne die anderen wollte er nicht abhauen – und konnte es auch gar nicht. Mike wusste sehr genau: Allein auf sich gestellt, hatte er dort draußen nicht die geringste Chance zu überleben. Ihr Wächter sah die Sache offenbar ganz genauso. Deshalb machte er sich nicht die Mühe, die Kinder in den Wald zu begleiten. Er konnte beruhigt davon ausgehen, dass die vier Kinder ihr Geschäft erledigen und dann brav in die Gefangenschaft zurückkehren würden.

Noch einmal ließ Mike seinen Blick über den Platz schweifen. Er konnte nichts erkennen, was auf ihre Ausrüstung hinwies. Vielleicht lag sie in irgendeiner der Zelthütten, oder aber ihre Entführer hatten sie einfach im Lager der Kinder zurückgelassen. Dann würden sie ihre Ausrüstung nie wiederfinden.

Mike versuchte, sich zu merken, wo die anderen drei in die Büsche verschwanden. Dann ging er selbst hinter den ersten großen Baum, um sich zu erleichtern. Der Wächter konnte ihn von seiner Position aus nun nicht mehr sehen. Mike aber konnte gut die Hälfte des Camps überblicken.

Hier war offenbar der ganz normale Feierabend eingekehrt. Außer den fünf Männern, die am Lagerfeuer saßen und sich unterhielten, war keine Menschenseele zu sehen. Vielleicht schliefen die Arbeiter schon. Auch andere bewaffnete Wächter sah Mike nicht. Es war, wie Matti gesagt hatte. Die Arbeiter waren freiwillig hier, wegen des Geldes, man brauchte sie nicht zu bewachen. Der einzige bewaffnete Wächter, der im Moment die Augen offenhielt, schien nur der Mann zu sein, der auf sie aufpasste.

Wirklich sehr leicht, jetzt abzuhauen, dachte Mike wieder. Das Einzige, was sie an der Flucht hinderte, war nicht der bewaffnete Mann, sondern die Tatsache, dass sie ohne Ausrüstung im Dschungel keine Chance zum Überleben hatten. Insofern war eigentlich selbst dieser eine Wächter überflüssig. Vermutlich hatte man sie nur in die Hütte gesperrt, damit sie nicht noch mehr von dem Camp sahen.

Mike hatte sein Geschäft erledigt, aber er sah, dass von den anderen drei noch keiner zurückgekehrt war. Wieso nicht? Hielten die sich weiter versteckt? Oder wollte nur keiner der anderen als Erster zurückkommen?

Ihr Wächter schaute bereits ungeduldig auf seine Uhr. Für Mike sah es so aus, als wollte er gerade ansetzen, sie zu rufen – als plötzlich ein bewaffneter Mann zwischen zwei Zelthütten herbeigerannt kam, aufs Lagerfeuer zustürmte und aufgeregt irgendetwas auf Portugiesisch rief.

Mike verstand nicht, was er sagte. Aber der Mann zeigte erregt in den Wald hinein, aus dem er offenbar selbst gerade gekommen war. Die fünf Männer am Lagerfeuer sprangen auf. Ein kurzer Wortwechsel, dann griffen alle fünf ihre Gewehre, die Mike ganz offensichtlich zuvor übersehen hatte. Drei von ihnen liefen dem aufgebrachten Mann hinterher. Die zwei anderen blieben am Lagerfeuer stehen, jetzt aber mit ihren Gewehren im Anschlag. Was war passiert?

Auch ihr Wächter schaute denen, die gerade in den Wald gelaufen waren, nervös hinterher. Ungeduldig rief er jetzt nach den Kindern und ergänzte: »Scheguahr, Scheguahr!«

Scheguahr? Was konnte das bedeuten?

Es brauchte eine ganze Weile, ehe Mike begriff, dass ihr Wächter das Wort *Jaguar* nur anders aussprach, als Mike es kannte. Statt Jaguar eben »Scheguahr«.

Der Jaguar war ins Camp gekommen? Das konnte sich Mike kaum vorstellen. Es hieß doch, dass die Jaguare äußerst scheue Tiere waren, die sich nicht blicken ließen. Im Gegenteil: Gabriel hatte ihm erzählt, dass die Tierschützer sogar in der ganzen Welt Jagdhunde kauften und speziell für die Fährten von Jaguaren ausbildeten, weil es anders kaum eine Möglichkeit gab, sie zu zählen. Denn selbst erfahrene Tierschützer bekamen Jaguare so gut wie nie zu Gesicht. Und jetzt sollte einer einfach so hier im Camp aufgetaucht sein?

Die Aufregung, die entstanden war, sprach jedenfalls dafür. Ihr Bewacher hatte nun die Geduld verloren. Wohl in der festen Annahme, dass die Kinder sich allein nicht in den Dschungel wagen würden, schon gar nicht, wenn da in unmittelbarer Nähe gerade eine Raubkatze herumstreunte, kümmerte er sich nicht mehr um seine Gefangenen, sondern drehte sich um und rannte den anderen Jägern hinterher.

Jäger! Jetzt erst kam Mike dieser Gedanke. Der Jaguar war vielleicht gar nicht von sich aus ins Camp gekommen, sondern aufgescheucht worden, von den Banditen hierhergetrieben, weil sie ihn jagen und töten wollten! Möglicherwiese war das sogar der Grund dafür, dass die Banditen überhaupt auf die Kinder gestoßen waren? Was sonst hatten sie mitten im Dschungel zu suchen? Die hielten sich vermutlich sonst nur in ihrem Camp und auf den Rodungslichtungen auf!

Genau! Mike war sich jetzt ziemlich sicher. Die Banditen waren der Fährte des Jaguars gefolgt und dabei auf die Kinder gestoßen. Und nun wussten sie nicht so recht, was sie mit ihnen anfangen sollten.

Mike wagte sich langsam wieder hinter seinem Baum hervor. Und da sah er auch schon die anderen, Elly zuerst, aber unmittelbar hinter ihr tauchte auch Gabriel aus dem Wald auf. Offenbar hatten sie den Bewacher genauso beobachtet wie er. Denn sie wunderten sich nicht, dass er nicht mehr da war. Sie hatten ihn weglaufen sehen.

»Wo ist Matti?«, fragte Gabriel.

»Hier!«, kam seine Antwort aus dem Dickicht.

»Sie jagen den Jaguar!«, bestätigte Matti das, was Mike sich vorher zusammengereimt hatte. »Das ist unsere Chance. Vielleicht unsere einzige!«

»Chance?«, hakte Elly nach. »Wie meinst du das? Chance wofür?«

»Zur Flucht!«, antwortete Matti entschlossen.

Mike sah seiner Schwester an, was sie fragen wollte.

Doch sie brachte vor Entsetzen keinen Ton mehr heraus. So übernahm er es, die Frage zu stellen, die seiner Schwester auf den Lippen lag: »Und unsere Ausrüstung? Wir können nicht ohne irgendwas in den Dschungel fliehen!«

»Wir müssen!«, widersprach Matti. »Diese Chance bekommen wir nie wieder. Vielleicht sind unsere Sachen gar nicht hier. Dann sitzen wir hier ewig fest. Und was, wenn die Banditen gar nicht vorhaben, uns je wieder freizulassen?«

»Wir haben keine Chance im Dschungel!«, beharrte Mike.

Und wieder widersprach Matti: »Wir haben *nur* im Dschungel eine Chance! Lasst uns so schnell es geht die nächsten zwei, drei Zelte durchsuchen und alles mitnehmen, was wir tragen können. Und dann ab in den Dschungel. Wir haben nicht viel Zeit. Los jetzt!«

Mike sah hilflos zu seiner Schwester. Er erkannte an ihrem Gesichtsausdruck, dass auch ihr nicht wohl war bei dem Gedanken, jetzt Hals über Kopf, völlig planlos und unvorbereitet zurück in den Regenwald zu laufen. Aber noch weniger schien ihr der Gedanke zu gefallen, weiter hier in der Gefangenschaft zu bleiben. Gabriel brauchten sie nicht zu fragen. Der folgte wie immer bedingungslos seinem großen Bruder.

Mike nickte Elly schwach zu. Sie nickte zurück.

Und damit war es entschieden. Sie beide würden sich ebenfalls Matti anschließen.

»Okay!«, stellte Matti erleichtert fest. »Dann also los. In fünf Minuten treffen wir uns wieder hier. Mike, geh du in *das* Zelt, Elly, du in *das*, Gabriel, du in das dort vorn.«

Alle drei atmeten tief durch. Niemand wusste, was sie in den Zelten erwarten würde. Da aber trotz der Aufregung um den Jaguar niemand aus diesen Zelten herausgelaufen war, lag vielleicht niemand darin? Wenn sie Glück hatten. Oder die schliefen so fest, dass sie nicht mitbekommen hatten, was hier draußen vor sich ging. Das wäre ein gutes Zeichen. Dann würden sie auch das heimliche Eindringen der Kinder nicht bemerken. Es half nichts, weiter zu spekulieren. Sie mussten es einfach probieren.

Mike duckte sich und lief gebückt zu dem Zelt, das Matti ihm gezeigt hatte. Es handelte sich dabei wirklich um ein Zelt, nicht um eine Hütte. Der Eingang war nicht richtig verschlossen, sondern mit zwei übereinandergeschlagenen Zeltplanen verhängt. Mike schob den Vorhang ein Stückchen beiseite und lugte in das dunkle Innere. Es war kaum etwas zu erkennen. Aber da sie auch in ihrer Hütte nur ein düsteres Licht gehabt hatten und er eben beim Pinkeln in fast völliger Dunkelheit gestanden hatte, genügte ihm der Schein des Lagerfeuers, der ins Zelt hineindrang, um einige

Konturen zu erkennen. Vier Feldbetten schienen hier an der einen Seite des Zeltes zu stehen, in denen vier Männer schliefen. Genau genommen bemerkte Mike nur einen, weil der so laut schnarchte. Aber er rechnete einfach damit, dass die anderen drei Betten ebenfalls belegt waren. Er kniete sich auf alle viere und schlich zum ersten Bett. Das Wichtigste, was sie benötigten, wäre eine Taschenlampe und ein Messer. Beides hoffte er neben den Betten zu finden. Denn vermutlich wollten auch die Männer beides griffbereit haben.

Er hatte Glück. Wie er gehofft hatte, lag neben dem ersten Bett eine große Stabtaschenlampe. Ein Fahrtenmesser baumelte in einer Lederscheide über den Bettpfosten. Mike hielt den Atem an, um eine ruhigere Hand zu haben, und nahm langsam das Messer an sich. Er fühlte sich wie einer der Diebe, die er aus Filmen und Comics kannte. Nie hätte er sich träumen lassen, selbst einmal mitten in der Nacht durch ein dunkles, fremdes Zelt zu schleichen, um sich Dinge, die er brauchte, zusammenzuklauen. Er war ein Dieb, ja, aber er gehörte zu den Guten. Es ging um sein Überleben und das seiner Freunde. Da hatte das Stehlen eine andere Bedeutung, sagte er sich zur Beruhigung und musste gleichzeitig zugeben, dass er auch ein Gefühl des Stolzes verspürte, dass ihm die Diebestour so gut gelang. Aber er dufte nicht unvorsichtig werden, musste sich weiter konzentrieren. Keinen Mucks von sich geben. Die Stabtaschenlampe steckte er sich hinten in den Hosenbund. Das Messer an seinem Gürtel zu befestigen kostete zu viel Zeit. Er schob sich die Lederscheide einfach in den Mund und hielt sie mit den Zähnen fest, so wie er es auf Piratenbildern mal gesehen hatte. Beim nächsten Bett hatte er noch mehr Glück. Der Mann hatte gleich eine ganze Umhängetasche über seinem Bettpfosten hängen. Darin: eine Taschenlampe, ein großes Fahrtenmesser, ein kleines Schweizer Taschenmesser, ein Geldbeutel, ein Päckchen Zigaretten, womit Mike nichts anfangen konnte, wohl aber mit dem dazugehörigen Feuerzeug. Außerdem eine Tube Handcreme, ein Päckchen Pflaster. Mike kam sich vor wie an Weihnachten und hätte am liebsten laut losgejubelt. Doch natürlich unterdrückte er jeglichen Gefühlsausbruch, legte sein Messer und die Stabtaschenlampe mit in die Tasche und schwang sie sich über die Schulter.

Er überlegte, ob er die nächsten beiden Betten auch noch absuchen oder zufrieden sein sollte mit dem, was er erobert hatte, um jetzt so schnell wie möglich aus dem Zelt zu verschwinden. Er entschied sich, abzuhauen, wollte gerade zurück zum Ausgang schleichen, als jemand in das Zelt trat. Mike erstarrte für einen Moment, doch dann handelte er blitzschnell, indem er sich instinktiv unters Feldbett rollte. Das war zwar kein optimales Versteck, aber in dem dunklen Zelt musste es genügen. Ein Mann kam herein, mit einer Petroleumlampe in der Hand, die das Zelt mit düsterem Licht ausleuchtete. Mike kauerte sich unter dem Bett noch mehr zusammen. Von dem Mann sah er jetzt nur noch die Schuhe und die Unterschenkel. Mike wusste selbst nicht, wieso, aber als ihnen das erste Mal Essen gebracht worden war, hatte er sich genau gemerkt, was der Mann getragen hatte. Auch die festen, schmutzigen Schuhe waren ihm aufgefallen, weil die sehr kaputt ausgesehen hatten. Jetzt war er überzeugt, dass es sich hier um denselben Mann handelte. Dann war also mindestens eines der beiden letzten Betten doch noch nicht belegt gewesen? Mike vermutete, dass der Mann sich jetzt in eines der beiden Betten, die er noch nicht durchsucht hatte, zum Schlafen legen würde. Doch er irrte sich. Der Mann schritt durch das Zelt bis ans Ende, blieb dort kurz stehen, drehte dann um und ging zum Ausgang zurück. Jetzt sah Mike neben seinen Beinen ein Stückchen von einem Gewehrkolben herunterhängen. Im nächsten Moment war der Mann wieder nach draußen verschwunden.

Mike hoffte, dass der Mann sein Gewehr geholt hatte, um sich an der Jagd nach dem Jaguar zu beteiligen, und nicht, weil bereits aufgefallen war, dass er und seine Freunde getürmt waren! Aber waren die Arbeiter bewaffnet? Oder gehörte er doch zu den Banditen? Mike rollte sich so klein zusammen, wie er nur konnte, bis der Mann endlich draußen war. Er wartete noch einen Augenblick ab, bevor er es wagte, den Kopf unter dem Bett wieder hervorzustrecken.

Eine Waffe!, schoss es ihm durch den Kopf. Sie hatten einen Revolver gehabt, der ihnen einmal schon vermutlich das Leben gerettet hatte. Jetzt war er weg – wie ihre gesamte Ausrüstung. Eine neue Waffe konnten sie gut gebrauchen.

Mike kroch unter dem Bett hervor. Hier am zweiten Bett lag kein Gewehr und am ersten Bett hatte er auch keines gesehen. Hatte der Mann eben die einzige Waffe mitgenommen, die hier im Zelt gewesen war? Woher hatte er sie geholt? Von dort hinten, vom Ende des Zeltes!

Mike vergewisserte sich noch einmal, dass die beiden Männer, die er eben bestohlen hatte, weiterhin tief schliefen. Dann schlich er in den hinteren Teil des Zeltes, wo einige Taschen, Kleidung, Rucksäcke, Konservendosen sowie volle und leere Getränkeflaschen wild durcheinanderlagen. Während Mike alles durchsuchte, überlegte er, was davon er mitnehmen sollte. Es durfte nicht allzu schwer sein und musste von längerem Nutzen sein, als ihnen nur eine einzige kleine Mahlzeit zu bescheren. Die Konservendosen ließ er deshalb unbeachtet. Zwei Regenjacken dagegen knüllte er zusammen und stopfte sie sich unters Shirt. Und dann entdeckte er tatsächlich eine Pistole. Nicht so einen altmodischen Trommelrevolver wie Luiz ihn gehabt hatte, sondern eine viel modernere Waffe mit einem Magazin. Mike steckte sie in seine Tasche und hoffte, dass sie gesichert war, denn er hatte keine Ahnung, wie man so eine Pistole sicherte oder entsicherte. Er suchte weiter und hatte erneut Glück. Er fand zwei Ersatzmagazine für die Waffe. Auch die steckte er ein, als hinter ihm plötzlich ein Licht anging.

Mike fuhr herum und sah mit Entsetzen, wie der Mann im vierten Bett, also in seiner unmittelbaren Nähe, sich seitlich aufgerichtet hatte. Das Gesicht war zwar von Mike abgewandt, aber wenn der sich jetzt auch nur einmal umsah, würde er Mike entdecken.

Mike hielt den Atem an und blieb stocksteif in einer äußerst unbequemen Haltung hocken. Der Mann hatte seine Taschenlampe angeknipst, offenbar aber nur, um auf einen Wecker, der neben seinem Feldbett stand, zu schauen. Mike betete innerlich, dass der Mann jetzt nicht pinkeln gehen musste oder Durst bekam und sich etwas zu trinken suchte, sondern …

Die Taschenlampe erlosch. Der Mann legte sich wieder hin, auf dieselbe, von Mike abgewandte Seite.

Mike wagte immer noch nicht zu atmen. Zwar hatte der Mann sich wieder hingelegt, und es war nun auch wieder dunkel, aber vermutlich würde der Mann noch nicht wieder eingeschlafen sein und somit jedes Geräusch wahrnehmen, das Mike verursachte. Mike rührte sich deshalb nicht vom Fleck und bemühte sich, so ruhig und leise zu atmen, wie es nur irgend ging. Er wartete, bis er ein leises Schnarchen hörte. Doch auch danach blieb er noch einen Moment lang hocken. Erst dann setzte er sich wieder in Bewegung, schlich in geduckter Haltung leise und flink bis zum Ausgang des Zeltes, schob wieder den Vorhang nur einen kleinen Spaltbreit beiseite, blickte hinaus, vergewisserte sich, dass ihn niemand im Visier hatte, und huschte hinaus in Richtung des Baumes, von dem aus er losgelaufen war.

Elly saß dort schon am Fuße des Baumes und umarmte ihren Bruder mit großer Erleichterung. Auch Mike drückte sie innig.

»Weißt du was von Gabriel und Matti?«

»Gabriel ist schon wieder pinkeln. Vor Aufregung. Da vorn. Er kommt gleich.«

»Und Matti?«

Elly zeigte zu einer der Hütten. »Ist noch dort drinnen. Ich hoffe, dass er jeden Moment zurückkommt. Bei dir hat's schon so lange gedauert.«

Mike erzählte ihr, weshalb er zwischendurch zweimal hatte warten müssen.

»Hoffentlich ist Matti nicht erwischt worden«, flüsterte sie. »Ich weiß nicht, was wir ohne ihn machen sollen.«

»Matti schafft das. Bestimmt«, versuchte Mike seiner Schwester Mut zu machen.

Elly lächelte Mike an, strich ihm liebevoll durchs Haar und sagte leise: »Ja, bestimmt. Und? Hast du was gefunden?«

Mike zeigte ihr stolz seine Umhängetasche und was er alles mitgebracht hatte.

Bei der Pistole mit den Magazinen verzog Elly das Gesicht. Sie selbst hatte es zwar übernommen, die Schlange zu erschießen, weil Matti es nicht fertiggebracht hatte. Trotzdem war ihr nach wie vor nicht wohl bei dem Gedanken, mit einer geladenen und schussbereiten Waffe durch die Gegend zu laufen. Trotzdem lobte sie ihren Bruder: »Gut gemacht!«

»Und du?«, fragte Mike.

Ellys Beute war etwas geringer ausgefallen, was Mike nicht verwunderte. Es konnte nicht jeder von ihnen so viel Glück gehabt haben, auf eine wahre Fundgrube zu stoßen. Immerhin war es Elly gelungen, ein wenig Verbandszeug, zwei Taschenmesser, ein komplettes Campingbesteck und einen Topf und zwei Teller mitzubringen.

»Einen Topf und zwei Teller?«, fragte Mike erstaunt nach. Auf die Idee, nach Geschirr zu suchen, war er überhaupt nicht gekommen. Aber natürlich hatte seine Schwester recht. Wie umständlich hatten sie sich abgemüht, die Termitenlarven zu grillen oder das Wasser zu kochen oder die Schlange abzukochen und zu braten. Ein Topf war Gold wert!

»Genial!«, lobte Mike seine Schwester.

»Ist Matti immer noch nicht da?«, fragte Gabriel. Er kam vom Pinkeln zurück und schaute sich besorgt um.

Elly und Mike verneinten. Plötzlich sprang Elly auf. »Da!«

Aber sie hatte nicht Matti entdeckt, wie Mike gehofft hatte, sondern etwas anderes.

»Die Jäger kommen zurück!«

»Verdammt!«, fluchte Mike. »Wir müssen abhauen!«

»Aber nicht ohne Matti!«, stellte Gabriel klar.

Das war eigentlich auch Mikes Meinung. Andererseits durften sie auf keinen Fall länger warten.

»Wir müssen hier weg!«, wiederholte er. »So schnell wie möglich. Gleich sehen sie, dass wir nicht in unsere Hütte zurückgekehrt sind. Sie werden uns suchen und jagen! So wie eben noch den Jaguar!«

»Wir können nicht ohne Matti gehen!«, beharrte Gabriel. Seine Stimme begann vor Angst zu zittern. Angst, Matti allein zurückzulassen bei den Banditen, aber auch, dass sie es ohne ihn auf keinen Fall schaffen konnten, sich im Dschungel zu behaupten.

»Wir müssen los!«, mahnte Mike noch einmal. »Das würde Matti ganz genau so sehen!«

»Er wird uns nicht finden!«, jammerte Gabriel. Man hörte und sah ihm an, dass er jeden Moment zu weinen beginnen würde. »Wir können ihn nicht zurücklassen. Auf keinen Fall!«

»Wir dürfen uns nicht fangen lassen!«, redete Mike auf Gabriel ein. »Das hilft Matti auch nicht weiter. Komm jetzt, verdammt!«

»Ich …!«, wollte Gabriel noch einmal protestieren. Doch Mike hatte nun die Geduld verloren. Er riss Gabriel einfach mit sich, der auch keinen wirklichen Widerstand leistete. Er wusste, dass Mike recht hatte, auch wenn er es sich nicht eingestehen wollte. Tapfer stolperte er Mike hinterher, der ihn an der Hand mit sich zog. Elly folgte den beiden, wobei sie Gabriel von hinten immer wieder voranschob, weil der alle Augenblicke stehen blieb und sich nach seinem großen Bruder umschaute. Dann plötzlich riss er sich von Mikes Hand los und rannte wieder zurück.

»Halt! Bleib hier!«, rief Elly ihm nach.

Doch Gabriel war nicht mehr zu halten.

»Da ist er!«, rief er. »Matti! Da!«

Elly kniff die Augen zusammen. Tatsächlich kam da jemand angelaufen. Jemand mit einem Gewehr.

Das war doch nicht Matti, sondern ein Verfolger!

»Scheiße!«, stieß Elly aus. Gerade wollte sie nach Gabriel rufen, der dem bewaffneten Mann weiter entgegenlief.

»Matti, Matti!«, rief Gabriel.

Der bewaffnete Mann winkte ihm.

Elly sah noch mal genau hin. Mike war inzwischen bei ihr.

»Das ist er doch!«, stellte sie fest, hegte aber noch einen Rest Zweifel. »Oder?«

Doch Mike erkannte ihn auch. »Er hat ein Gewehr mitgebracht, so wie ich eine Pistole!«

Automatisch verzog Elly das Gesicht. »Hoffentlich hat er noch etwas Nützlicheres dabei!«

Jetzt hatte Matti Gabriel erreicht. Die beiden umarmten sich innig, aber nur kurz. Dann hetzten sie weiter Richtung Mike und Elly. Als sie bei ihnen ankamen, rief Matti ihnen zu: »Los, ab in den Wald. Sie werden gleich hinter uns her sein!«

Dieses Mal gab es keine Debatte. Die vier huschten in den Wald, so schnell sie konnten, ohne eine Idee zu haben, wohin sie liefen. Natürlich hätten sie am liebsten zuerst ihren alten Lagerplatz gesucht, um vielleicht von ihrer bisherigen Ausrüstung etwas zu retten, und wären dann weitermarschiert, zum Fluss, der in unmittelbarer Nähe sein musste. Doch für beides blieb keine Zeit. Und diese Orte würden ihre Verfolger vermutlich als Erstes absuchen. Deshalb mussten sie sich zunächst einmal willkürlich irgendwo ins Dickicht schlagen und dort verstecken, bis die Banditen ihre Verfolgung aufgaben. Dann würden sie weitersehen. Am nächsten Morgen. Im Hellen. Wenn sie bis dahin durchhielten und nicht aufgespürt wurden.

Verloren!

Als Mike erwachte, wunderte er sich, dass er überhaupt eingeschlafen war. Nach seinem Gefühl hatte er die ganze Nacht kein Auge zugemacht – vor Angst, entdeckt zu werden, aber auch, weil es überall dort, wo sie sich kurz ausgeruht hatten, zu unbequem gewesen war. Er wusste zuerst nicht, wie lange sie durch die stockfinstere Nacht gestolpert waren. Ein Licht anzuknipsen verbot sich, weil es zu verräterisch gewesen wäre. So hatten sie buchstäblich die Hand vor Augen nicht sehen können und sich wie frisch Erblindete langsam und unsicher durch das Dickicht getastet, jederzeit darauf gefasst, dass nicht nur ihre Verfolger sie einholten, sondern sie von unbekannten Gefahren angegriffen werden konnten. In der Nacht war der Regenwald höchst lebendig. Vielleicht herrschte nachts sogar ein größeres Treiben als tagsüber. Eine Unmenge an Raubtieren jeglicher Größe machte sich in der Dunkelheit auf die Jagd. Allen voran auch der Jaguar. Die vier Kinder aber hatten keine Zeit, sich von ihrer Angst übermannen zu lassen. Sie waren auf der Flucht.

Zuerst hatten sie auch tatsächlich die Lichter gesehen, die von den Lampen ihrer Verfolger durch den Wald huschten. Doch sie waren zu weit weg gewesen, als dass sie vor ihnen hätten in Deckung gehen müssen. Irgendwann waren die Lichtkegel völlig verschwunden. Sie wollten sich nicht täuschen lassen und hatten zunächst damit gerechnet, dass auch die Verfolger ihre Lampen einfach nur ausgeschaltet hatten, um nicht gesehen zu werden. Doch dann kamen sie zu dem Schluss, dass es schon schwer genug war, sich ohne Licht fortzubewegen. Gänzlich unmöglich erschien es ihnen, ohne Licht jemanden zu suchen. Dass sie kein Licht mehr sahen, konnte also nur bedeuten, dass ihre Verfolger aufgegeben hatten. Wohl auch in der Annahme, dass die Kinder im Dschungel ohnehin keine Überlebenschance hatten.

Eine Vermutung, die nicht ganz unberechtigt war. Aber immerhin hatten sie sich wieder eine kleine Ausrüstung zusammenstehlen können. Nachdem sie eine Stunde lang unbeirrt tiefer in den Wald hineingeflohen waren, gönnten sie sich die erste richtige Pause und trugen zusammen, was sie nun bei sich hatten: Mikes Fahrtenmesser in der Lederscheide, eine Stabtaschenlampe, die Umhängetasche, in der sich eine weitere

Taschenlampe, ein großes Fahrtenmesser, ein kleines Schweizer Taschenmesser, ein Geldbeutel, ein Päckchen Zigaretten und ein Feuerzeug befanden. Außerdem eine Tube Handcreme und ein Päckchen Pflaster. Zudem die Pistole mit zwei Magazinen und zwei Regenjacken.

Matti war beeindruckt, welch Riesenschatz Mike da aufgespürt hatte. Mit Abstand hatte er am meisten mitgebracht. Elly legte ihren Topf in die Mitte, dazu die zwei Teller, Verbandszeug, zwei Taschenmesser und das Campingbesteck. Gabriel hatte zwei Trinkbecher ergattert und – eine Machete!

Die hatte Matti schon benutzt, um ihnen den Weg durch die Dunkelheit freizuschlagen. Matti hatte ein Gewehr gefunden, allerdings nur wenig Munition dazu. Außerdem ein paar Seile und zwei T-Shirts.

»Ich habe zu viel Zeit damit verbracht, ein Handy zu suchen«, gestand Matti. »Bis ich auf die Idee kam, dass es im gesamten Camp vermutlich keines gab. Denn das Camp ist ja illegal. Wir haben es mit Banditen zu tun, die natürlich nicht geortet werden wollen. Oder aber die Dinger funktionieren hier im dichten Regenwald sowieso nicht. Als ich die Suche endlich abgebrochen habe, musste ich auch schon abhauen. Deshalb kann ich leider nur wenig zu unserer Ausrüstung beitragen. Nicht mal eine Plane haben wir mehr.« Dafür aber hatte er zumindest einen Kompass gefunden.

Nachdem sie ihr gesamtes Hab und Gut zusammengetragen, gesichtet und dann zum Tragen aufgeteilt hatten, hatten sie sich weiter auf den Weg durch die dunkle Nacht gemacht, bis sie schließlich nach einer weiteren Stunde an eine Stelle gekommen waren, die sich »gut anfühlte«, wie Matti gesagt hatte.

Hier hatten sie zum ersten Mal wieder gewagt, Licht anzumachen, hatten den Platz abgeleuchtet und ihn nach wie vor für gut genug befunden, um sich schlafen zu legen. Obwohl Mike an Schlaf gar nicht hatte denken können. Dazu war er noch viel zu aufgeregt und aufgewühlt gewesen. Den anderen war es ähnlich ergangen. Auf ein Feuer hatten sie verzichtet, aus Angst, dass man es vielleicht zu weit in der Nacht sehen konnte und es doch noch ihre Verfolger auf sich aufmerksam machte. Und dann hatte die Erschöpfung Mike und die anderen recht schnell übermannt und sie waren letztlich eingeschlafen.

Mike war der Letzte, der aufwachte. Elly hatte sogar schon ein paar Früchte gesammelt, die sie jetzt verteilte, und Gabriel war gerade dabei, etwas Holz für ein Feuer zu sammeln. Matti hatte aus dem Camp eine Flasche Wasser mitgehen lassen. Daran hatten die anderen leider nicht gedacht. So hatten sie jetzt zwar wenigstens einen dreiviertel Liter Wasser zum Trinken zur Verfügung, aber nur eine einzige Flasche, um Trinkwasser aufzubewahren.

»Das Problem müssen wir später lösen«, sagte Matti und richtete seinen Kompass aus. Sie waren bei ihrer Flucht ganz bewusst nur stur geradeaus gelaufen, um nicht vollends die Orientierung zu verlieren und vielleicht sogar versehentlich im Kreis und damit zurück ins Banditen-Camp zu laufen. Deshalb konnten sie jetzt mit großer Sicherheit sagen, dass das Camp hinter ihnen lag, also im Osten.

»Wir müssen es also irgendwie schaffen, gen Osten zu gehen, ohne zurück zum Camp zu gelangen«, sagte Matti. »Dann werden wir hoffentlich auf den Fluss stoßen. Das Camp lag ja am Wasser.«

Die anderen waren einverstanden. Zuvor aber mussten sie etwas essen. Nicht nur Mike plagte furchtbarer Hunger. Die Früchte, die Elly gesammelt hatte, reichten bei weitem nicht, ihn zu stillen.

»Können wir nicht ein Tier jagen?«, fragte Gabriel. »Wir haben doch ein Gewehr und eine Pistole!«

Matti schüttelte den Kopf. »Dafür sind wir vermutlich noch zu dicht dran an dem Camp der Banditen. Sie könnten den Schuss hören.«

»Überhaupt!«, warf Elly ein. »Ein Tier jagen zum Frühstück! Vielleicht sind wir heute Abend schon am Fluss, dann können wir nach Fischen angeln! Und jetzt einfach noch mehr Früchte sammeln.«

Mike unterstützte den Vorschlag seiner Schwester. Immerhin hatten sie nicht mehr hundert Schuss Munition wie bei der Waffe von Luiz, sondern deutlich weniger. Die würden sie vielleicht in gefährlicheren Situationen brauchen, als sie zum Jagen zu verschwenden. Mike erinnerte die anderen an die getötete Giftschlange.

Gabriel stützte sein Kinn in die Hände und seufzte. »Ach ja, die Schlange.« Er musste an all das schöne Fleisch denken, dass sie zubereitet und mitgenommen hatten, um es später – also heute – essen zu können. Das vergammelte jetzt in ihrem alten Lager, zusammen mit ihrer Ausrüstung.

»Gibt es wirklich keine Chance, dass wir unser altes Lager wiederfinden?«, fragte Gabriel. »Ich meine, das muss doch auch schon in der Nähe des Flusses gewesen sein. Wir hatten uns schon eine Feuerstelle gebaut. Und unsere Plane, mit der wir Wasser aufgefangen haben und ...«

»Gutes Stichwort«, unterbrach Matti ihn. »Wir brauchen frisches Wasser«.

Er ließ die Wasserflasche herumgehen.

Jeder der vier nahm einen tiefen Schluck. Damit war die Flasche halbleer.

»Woher sollen wir das Wasser nehmen?«, fragte Mike.

Matti zog die Schultern hoch. Er wusste es auch nicht. Schlimmstenfalls mussten sie auf den Regen am Nachmittag warten.

Die vier schwärmten aus, um nach Beeren, Früchten und Wasser zu suchen. Sie nahmen sich aber vor, sich nicht allzu weit von ihrer neuen Ausrüstung zu entfernen.

Nachdem sie eine erste Ernte einfuhren, blieb Mike bei den Sachen sitzen, damit nicht irgendwelche Äffchen oder andere Tiere ihnen das stibitzten, was sie gerade mühsam zusammengesammelt hatten. Während die anderen nochmals loszogen, wollte Mike ein Feuer anmachen. Gabriel hatte das nötigte Holz dafür bereits gesammelt. So nahm Mike nur noch ein paar Gräser dazu, um das Anzünden zu erleichtern.

Dann hielt er inne. Direkt über ihm war ein Tukan gelandet, der statt den bekannten knallgelben Schnäbeln der Spezies einen bunten Schnabel aufwies. Schon einmal hatte er so einen gesehen, aber der hatte hoch oben in einer Baumkrone gesessen. Gabriel hatte ihm gesagt, dass es sich um einen Regenbogen-Tukan handelte.

Mike blieb mucksmäuschenstill sitzen, weil er den Vogel nicht verscheuchen wollte. Er ärgerte sich, dass er keinen Fotoapparat bei sich hatte. Als ob die Tukane das wussten und ihn damit ärgern wollten, gesellte sich ein zweiter von diesen außergewöhnlichen Vögeln dazu. Ein Bild, das vermutlich absoluten Seltenheitswert gehabt hätte.

»Na toll!«, sprach Mike mit den beiden Tukanen. »Das findet ihr wohl lustig, oder?«

Zur Antwort hüpften die beiden von Baum zu Baum, stießen ihre piepsenden Schreie aus und kehrten zurück zu dem Ast, auf dem sie eben noch gesessen hatten. Und flogen erst fort, als die anderen zurückkamen.

Wasser hatten sie nicht gefunden, aber die Früchte enthielten genügend Flüssigkeit, dass sie keinen Durst erleiden mussten. Trotzdem blieb die Stimmung gedrückt. Tapfer hatten sie die vergangenen zwei Tage überstanden, sich durchgeschlagen, dann endlich Menschen gefunden, und ausgerechnet die hatten sie eingesperrt. Anschließend hatten sie bei der Flucht alles verloren, was sie besaßen, und nun wussten sie nicht so recht, wohin sie weiterlaufen sollten, um Hilfe zu finden. Klar, sie wollten zum Wasser. Wasser führte einen zu Menschen. So lautete die goldene Überlebensregel. Aber wenn die Menschen Banditen waren, was nützte einem dann diese Erkenntnis und der Fluss? Die Wahrscheinlichkeit, erneut auf Banditen zu treffen, die sich tief im Regenwald versteckten, um illegal Bäume zu fällen oder Drogen anzubauen oder beides, schätzte Matti als deutlich höher ein, als anständigen Menschen zu begegnen, die ihnen wirklich helfen würden.

»So viele Schützer des Regenwalds laufen hier nicht

durch die Gegend«, sagte Matti betrübt. »Und Wissenschaftler, die den Regenwald erforschen, auch nicht.«

»Aber normale Holzfäller vielleicht«, wandte Elly ein. »Wir haben vom Flugzeug aus doch gesehen, wie schnell sich die riesigen Rodungen in den Wald hineinfressen. Wieso sollten wir nicht auf so ein Rodungsgebiet von Waldarbeitern treffen?«

Gabriel stopfte sich noch eine Handvoll Früchte in den Mund.

Mike stocherte mit einem Stock im Feuer herum und träumte von einer Bratwurst statt Früchten.

Und Matti beantwortete Ellys Frage: »Ich glaube nicht, dass die Banditen ihr Lager in der Nähe von offiziellen Abholzungsgebieten aufgebaut hätten. Die Tatsache, dass wir hier auf Banditen gestoßen sind, zeigt, dass wir vermutlich sehr weit von anderen Menschen entfernt sind.«

»Aber die Zufahrten?«, fragte Mike. »Ich meine, wenn die Holz fällen und Drogen anbauen, dann müssen sie all das doch auch abtransportieren. Da muss es doch Wege geben, auf denen LKW fahren?«

»Boote«, antwortete Matti. »Das Camp lag doch am Wasser.«

Mikes Miene verfinsterte sich noch mehr. »Soll das heißen, wenn wir das Wasser erreichen und auf Boote treffen, dann könnten das gerade welche von den Banditen sein, vor denen wir gerade geflohen sind?«

Matti nickte: »Das ist die Gefahr!«

»Scheiße!«, fluchte Gabriel. Ein paar der Früchte fielen ihm dabei aus seinem Mund. »Was sollen wir denn tun? Nicht zum Fluss gehen?«

Selbst Matti wirkte ratlos. »Weiter in den Wald hinein könnte noch gefährlicher sein. Da findet uns ja nie jemand!«

»Wenn wir nur wüssten, wo wir sind, und eine Karte hätten«, klagte Mike. »Egal, welche Richtung wir einschlagen, wir haben keine Ahnung, wohin wir gehen und was uns dort erwartet.«

»So ist es«, stimmte Matti ihm zu. »Und deshalb schlage ich vor, dass wir zum Wasser gehen. Die Flüsse führen irgendwann zu Dörfern oder sogar Städten.«

Die anderen waren einverstanden. Sie nahmen sich aber noch mal vor, enorm aufzupassen, bloß nicht wieder in die Nähe der Banditen zu geraten.

Das allerdings war leichter gesagt als getan. Sie wussten, geradeaus zurück, gen Osten, ungefähr zwei Stunden Fußmarsch entfernt, lag dieses Camp. Sie konnten nun versuchen, weiter nördlich oder südlich dieses Camps ans Flussufer zu gelangen. Nur wussten sie nicht, welche Windungen und Biegungen der Fluss nahm. Es konnte also sein, dass sie lediglich eine Stunde Fußmarsch ober- oder unterhalb des Camps schon gar nicht mehr auf den Fluss trafen, weil der möglichweise aus einer ganz anderen Richtung kam beziehungsweise abbog und in einer anderen Richtung weiterfloss.

»Wir wissen nicht einmal, in welche Richtung die Strömung geht«, warf Elly ein.

Auch das war ein Problem. Mike stellte sich vor, wie sie sich am Flussufer ein Floß bauten, mit der Strömung fuhren und dann geradewegs ans Ufer des Banditencamps getrieben wurden.

Kurzum: Die Chancen, sich tatsächlich aus diesem Regenwald zu retten, standen nicht gut. Aber sie hatten keine andere Möglichkeit, als es zu versuchen. Und sie hatten entschieden, trotz aller Unwägbarkeiten, die auftreten konnten, sich gen Osten zum Fluss zu bewegen.

Also brachen sie auf.

Als Elly ihre Sachen zusammenpackte, entdeckte Mike an ihrem Arm eine kleine rötliche Stelle.

»Was hast du da?«, fragte er.

Elly wusste erst gar nicht, was ihr Bruder meinte. Dann sah auch sie die Stelle.

»Ach so«, antwortete sie. »Ist nur ein Mückenstich. Kein Problem.«

Sie rieb etwas Spucke darauf, weil das oft ganz gut gegen Juckreiz half, obwohl die Stelle eigentlich gar nicht mehr juckte. Den Stich hatte sie schon seit zwei oder drei Tagen, und sie hatte schon gar nicht mehr daran gedacht.

»Okay«, sagte Mike.

Sie hatten ihr weniges Gepäck verstaut und machten sich auf den Weg. Matti wieder mit der Machete vorweg. Dahinter Gabriel, Elly und Mike. Jeder trug nun ein Messer und eine Taschenlampe bei sich. Den Rest hatten sie aufgeteilt.

»Wisst ihr was?«, sagte Elly laut an alle gerichtet. »Wenn wir am Fluss sind, werde ich mich erst mal richtig waschen. Ich fühle mich total verschwitzt, dreckig und klebrig.«

»Das fühlst du dich nicht nur, das bist du auch«, lachte Matti.

Elly spreizte unwillkürlich die Arme vom Körper und rief dabei angewidert: »Üörrrgh!«

»Ich würde mir das Baden im Fluss trotzdem überlegen«, warnte Gabriel. »Es könnten nämlich Krokodile darin sein.«

Elly blieb abrupt stehen. Mike wäre beinahe auf sie aufgelaufen.

»WAS?«, rief Elly entsetzt. »Krokodile? Du meinst, so richtig große fette echte Krokodile?«

»Na ja«, schränkte Gabriel ein. »Eigentlich nur die kleineren Kaimane. Aber die reichen auch.«

»O Mann!«, stöhnte Elly. »Dann wird es wohl wirklich nichts mit Baden. Aber ich bin so verschwitzt!«

Mike sah die Schweißperlen auf ihrer Stirn. So deutlich hatte er sie zuvor gar nicht bemerkt. Ihm selbst war nicht so heiß. Er schätzte die Temperatur auf vielleicht angenehme 23 oder 24 Grad. Okay, es war schwül, aber dass seine Schwester solche Schweißausbrüche deshalb bekam …?

»Mir ist nicht heiß«, erklärte sie ihm. »Im Gegenteil: Ich friere eher. Aber trotzdem bin ich verschwitzt. Und irgendwie aus der Puste. Können wir eine Pause einlegen?«

Matti blieb stehen und betrachtete Elly eingehend.

»Wirst du krank?«, fragte er.

»Masern?«, hakte Gabriel nach, weil er an die rötliche Stelle an ihrem Arm dachte.

»Masern?« Elly kräuselte die Stirn und schaute Gabriel mit Unverständnis an. »Quatsch. Gegen Masern bin ich geimpft. Außerdem: Wo sollte ich mich denn hier mit Masern angesteckt haben?« Trotzdem setzte sich Elly erst einmal hin. Sie hatte das Gefühl, dass ihr schwindelig und übel wurde.

Matti fasste ihr an die Stirn. »Aber Fieber hast du auf jeden Fall.«

Elly schlang die Arme um sich, weil sie einen Anfall von Schüttelfrost überkam.

Da sie keine Decken mehr hatten, legte Mike ihr eine der beiden Regenjacken um die Schultern, die Elly dankbar annahm.

»Mist!«, fluchte sie leise vor sich hin. »Jetzt werde ich auch noch krank!«

»Dann schlagen wir hier ein Lager auf«, sagte Matti. »Lasst uns versuchen, für Elly eine Art Bett zu bauen, so bequem wie möglich. Aus Zweigen, Ästen und Blättern. Und irgendwas zum Zudecken. Mike, hast du dein Überlebensbuch noch?«

Mike nickte. Das meiste, was er mit in den Dschungel genommen hatte, war in ihrem alten Lager verlorengegangen. Den Überlebensgürtel hatten die Banditen ihm abgenommen. Sein Buch aber hatte er hinten in der Hosentasche stecken. Die Banditen hatten es ihm gelassen.

»Such mal, ob darin irgendetwas steht über einen Tee aus Wildkräutern oder so. Dann machen wir ein Feuer. Und wir brauchen irgendein Dach über den Kopf, bevor der Nachmittagsregen kommt.«

»Okay«, antwortete Gabriel. »Aber wir können ja nicht alles zugleich machen. Was zuerst?«

»Zuerst das Dach und den Tee!«, schlug Matti vor.

Mike blätterte wie wild in seinem Buch herum.

»Ich hab noch ein paar Kakaobohnen!«, rief Gabriel. »Die sind auch gesund und entgiftend.«

»Das stimmt«, bestätigte Matti. »Klasse. Und sonst noch was, Mike?«

»*Camu Camu* hab ich gefunden«, sagte Mike. »Heißt hier in Brasilien offenbar *Caçari* oder *Araçá de água*. Kann gut sein, dass es die hier gibt. Die Früchte sind so groß wie Kirschen und sollen sehr gesund sein.

Das Problem ist, die Früchte kommen erst zwischen Dezember und April. Jetzt haben die Pflanzen wahrscheinlich nur weiße Blüten.«

»Kann man aus den Blüten keinen Tee machen?«, wollte Matti wissen. Doch darüber stand nichts in Mikes schlauem Buch.

»Okay«, bestimmte Matti. »Wir suchen trotzdem nach der Pflanze. Manchmal hat man Glück und es bleiben Früchte übers Jahr an den Bäumen und Sträuchern hängen. Such du mit deinem Buch nach gesunden Kräutern und Früchten, Mike. Gabriel und ich, wir sammeln dicht belaubte Äste und Zweige, um uns ein Dach zu bauen. Zum Glück haben wir ja jetzt eine Machete.«

Dann wandte er sich an Elly. »Wir sind alle in spätestens einer Stunde zurück, bleiben aber sowieso in der Nähe, Elly. Trotzdem, nimm du die Pistole von Mike.«

Elly, der es von Minute zu Minute schlechter ging, sah Matti nur müde an. Doch dann sprang sie plötzlich auf, huschte an ihm vorbei, beugte sich über einen Busch und erbrach sich.

»Auch das noch!«, kommentierte Matti. »Elly, wenn du noch mal kotzen musst, mach das immer hier. Wir ziehen mit unserem Lager ein paar Meter weiter. Denn Erbrochenes ist vermutlich das beste Mittel, um uns anzustecken.«

Gabriel und Mike verzogen ihre Gesichter.

Dann wollte Mike sich sofort auf die Suche nach den Kräutern machen.

Doch Matti rief noch mal alle zusammen. »Diesmal lassen wir nichts im Lager zurück. Alles, was wir besitzen, tragen wir immer bei uns, okay?«

Gabriel und Mike verstanden sofort, worauf Matti anspielte. Ein zweites Mal wollten sie ihre Ausrüstung nicht verlieren.

Elly hatte sich erleichtert und schlich zurück zu ihrem Platz. Diesmal setzte sie sich nicht, sondern legte sich gleich hin. Die eine Regenjacke nahm sie als Unterlage, mit der anderen deckte sie sich zu.

»Was soll ich denn mit einer Pistole?«, fragte sie nun mit leiser, belegter Stimme.

Matti erklärte ihr, dass Raubtiere vielleicht ihre Schwäche wittern und sie deshalb angreifen könnten.

Elly nickte schwach. Ihre Lider wurden immer schwerer, und sie überkam das große Bedürfnis, einfach nur zu schlafen. Auch, wenn es nach Mattis Warnung sicher ratsamer gewesen wäre, wach zu bleiben, hatte sie gerade nicht das Gefühl, so lange durchhalten zu können. Trotzdem sagte sie tapfer: »Okay, geht ihr. Ich komme schon klar.«

Obwohl die drei Jungen ihr ansahen, dass Elly allein überhaupt nicht mehr klarkam und es ihr hundeelend ging, machten sie sich auf den Weg. Es gab zu viel zu tun. Und sie hatten wenig Zeit. Bald würde der Regen einsetzen. Vorher mussten sie das Nachtlager aufbauen. Da Elly schon ausfiel, konnten sie nicht noch jemanden abstellen, der bei ihr blieb, statt tatkräftig mitzuhelfen.

»Matti?«, fragte Elly mit schwacher Stimme. »Meinst du, die Banditen verfolgen uns wirklich nicht mehr?«

Matti schüttelte den Kopf. »Ich glaube nicht.«

Elly zeigte ein zaghaftes Lächeln.

Matti verschwieg, dass er auch den Grund dafür zu kennen glaubte: Die Banditen gingen sicher davon aus, dass sie in den nächsten Tagen von selbst sterben würden: entweder an Hunger oder an Durst, oder dass sie sich verletzten oder von Raubtieren angegriffen und zerrissen werden würden – oder vergiftet von einer Schlange, Spinne oder hochgiftigen Pflanze. Oder dass sie eben krank wurden, wie Elly jetzt, und daran zugrunde gingen. Das Schlimmste an dieser Annahme war, dass die Banditen vermutlich sogar recht hatten.

Doch Matti hielt sich zurück mit seiner düsteren Prognose, lächelte Elly noch einmal kurz zu und machte sich dann, wie die anderen beiden, auf den Weg.

Mike wühlte sich durch die dichtesten Büsche, in der Hoffnung, dass er genau hier all die Pflanzen und Kräuter finden würde, die in seinem Buch vermerkt waren. Er hatte Glück. Tatsächlich stand er plötzlich vor einem Caçari-Strauch, der noch ein paar Früchte trug!

Allerdings war er nicht der Einzige, der sich für sie interessierte. In den Zweigen hockten zwei Äffchen, die sofort in Angriffsstellung übergingen, als Mike an den Strauch herantrat. In nach vorn gebeugter Haltung zeigten sie ihre Zähne und fauchten fürchterlich, damit Mike es ja nicht wagen sollte, sich an den Früchten zu vergreifen.

Ihre Drohgebärde wirkte. Mike wich zwei Schritte zurück, traute sich nicht, die Früchte vom Baum zu pflücken. Aber er brauchte sie für seine Schwester. Er fing sogar an, mit den Äffchen zu reden, was diese allerdings wenig beeindruckte. Einen kurzen Moment legten sie neugierig den Kopf beiseite, lauschten der seltsamen Stimme des Fremden. Doch dann, als er es wagte, wieder einen Schritt voranzugehen, wiederholten sie ihre Drohgebärde. Mike wusste, dass selbst diese kleinen Äffchen über beachtlich starke Gebisse verfügten und, wenn sie zubissen, ihm erhebliche Wunden beifügen konnten. Allerdings, so hoffte er, wussten das die Äffchen nicht. Er war viel größer als sie, was wiederum sehr beeindruckend auf sie wirken musste. Mike entschloss sich, es auszuprobieren. In der Hoffnung auf einen wirksamen Überraschungseffekt sprang er einen Schritt vor und schrie dabei so laut er konnte: »HAAAA!« Dabei riss er drohend seine Arme hoch.

Die Äffchen kreischten aufgeregt und flohen flink hinüber auf einen anderen Baum, kletterten an ihm hoch und beobachteten Mike nun aus sicherer Höhe.

»Na also!«, sagte Mike zufrieden. »Es geht doch.«

Er pflückte ein paar Früchte und legte sie in seine Umhängetasche, während ihn die beiden Äffchen nicht aus den Augen ließen.

Doch dann passierte etwas für Mike völlig Unvorhergesehenes: Eines der beiden Äffchen fiel wie vom Blitz getroffen vom Baum!

Mike stand mit offenen Mund und großen Augen da. Was war denn nun passiert? Unsicher betrachtete er die Früchte in seiner Hand. Waren die etwa hochgiftig? Das konnte nicht sein. Hastig verglich er die Früchte mit den Abbildungen in seinem Buch. Eindeutig: Er irrte sich nicht. Es handelte sich um Camu-Camu-Früchte. Und damit nicht nur genießbar, sondern sogar äußerst gesund für Menschen. Mike schaute sich um. Aber er konnte nichts entdecken, was den Absturz des Äffchens verursacht haben könnte. Es tauchte auch nicht wieder auf, was Mike als sicheren Beleg dafür nahm, dass das Äffchen tot umgefallen war.

Das zweite Äffchen hatte laut kreischend die Flucht ergriffen. Allerdings nicht allzu weit. Jedenfalls nicht weit genug, wie Mike jetzt sah. Nur drei, vier Meter war es weiter den Baum hinaufgeklettert, wo es das gleiche Schicksal ereilte wie den Artgenossen.

Von jetzt auf gleich, ohne jegliches Anzeichen, fiel der Affe tot vom Baum wie eine überreife Frucht. Diesmal aber glaubte Mike etwas wahrgenommen zu haben. Irgendetwas war auf das Äffchen zugeflogen. War es ein Pfeil gewesen? Konnte das sein?

Mike drehte sich um und schrie vor Schreck laut auf.

Denn mit einem Mal sah er – einen Indianer!

Der so dicht vor ihm stand, dass sich beinahe ihre Nasenspitzen berührt hätten.

»Was … Wer …?«, stammelte Mike, als er plötzlich einen kurzen, schmerzhaften Stich im Nacken spürte. Schlimmer als ein Wespenstich, aber trotzdem vergleichbar. Unwillkürlich fasste Mike sich mit der Hand an die Einstichstelle im Nacken.

Dann wurde ihm schwarz vor Augen.

Rettung!

Ungewöhnliche Geräusche.

Mike hörte das Knistern eines Feuers. Stimmen. Gelächter.

Das war sonderbar, denn sie hatten doch gar keinen Kamin. Auch die Stimmen kamen ihm fremd vor. Das Lachen von Kindern. Hatte seine Schwester Besuch? Aber er verstand die Worte nicht. Eine fremde Sprache.

Dann erinnerte er sich: Er war gar nicht zu Hause. Nicht in seinem Zimmer, nicht in ihrer Wohnung. Nicht in Deutschland. Aber auch nicht im Hause ihres Vaters in Brasilien. Sie waren doch im Dschungel gewesen? Im tropischen Regenwald des Amazonas-Gebiets. Genau. Sie wollten ein Dach bauen. Das hatte Matti doch gesagt.

Mike öffnete die Augen und schaute von unten auf ein Dach aus Ästen und Zweigen.

Wow! Das Dach war ihnen prächtig gelungen. Groß.

Gerade. Dicht. Er wäre stolz auf sich gewesen, aber er konnte sich nicht erinnern, es gebaut zu haben. Auch nicht daran, dass die anderen es gebaut hatten und er mitgeholfen hätte. Die anderen! Wo war seine Schwester? Wie ging es ihr?

Mike wandte den Kopf zur Seite. Neben ihm lag Gabriel. Er schlief. Dahinter Matti, der soeben erwachte und sich genau wie Mike erst einmal sammeln musste und begreifen, wo er war.

Aber wo waren sie? Sie lagen zu dritt nebeneinander in einer Hütte. Hütte? Mike schreckte hoch. Hatten etwa die Banditen sie wieder eingefangen? Doch dann beruhigte er sich ein wenig. Die Hütte hier sah ganz anders aus. Sie bestand nicht aus Zeltplane, sondern war aus Baumstämmen, Palmenblättern, Ästen und Zweigen erbaut. Sie hatte auch keine Tür, sondern war zu den Stirnseiten hin ganz und gar offen. Eigentlich war es nur ein Dach mit Seitenwänden. Zu ihren Füßen loderte ein kleines Feuer. Mike schaute aus der Hütte hinaus, sah aber nur eine kleine, freie, sandige Fläche davor, dahinter gleich wieder dichten Regenwald.

»Wo ist Elly?«, fragte er.

Matti war halbwegs wieder zu sich gekommen.

»Wo sind *wir*?«, fragte er zurück.

Mike erinnerte sich nun, was er als Letztes gesehen hatte, bevor er das Bewusstsein verloren hatte: das Gesicht eines Indianers!

In seinem Nacken hatte er gleichzeitig einen Stich gespürt. Ein Pfeil musste ihn getroffen haben, so wie kurz vorher auch die beiden Affen. Aber er war nicht tot. Waren die Affen auch nur betäubt worden? Genau das musste mit ihm geschehen sein. Einer der Indianer hatte ihm offenbar mit einem Blasrohr einen Pfeil ins Genick geschossen, mit dem er ihn betäubt hatte. Das Gleiche hatten die Indianer mit Gabriel und Matti getan. Aber wo war Elly?

Mike wollte gerade aufstehen, als ein Indianer in die Hütte kam. Er war recht klein, kaum größer als Mike, aber man sah ihm an, dass es ein Erwachsener war. Sein Gesicht war faltig und vom Wetter gezeichnet. Der Mann war komplett nackt, bis auf ein knappes schwarzes Höschen, das aussah wie eine Badehose. Für Mike ein Indiz, dass diese Indianer schon mal Kontakt zu Weißen gehabt haben mussten. Denn es war kaum anzunehmen, dass es hier im Dorf eine Textilfabrik gab. Wie einen Gürtel hatte der Indianer noch einen Knäuel aus Baumfasern um seine Taille gewickelt. So dick gebündelt, dass sie fast wie ein zu kurzer Rock aussahen. Seine Haare waren pechschwarz, vorn gerade abgeschnitten, hinten trug er sie länger.

Er blieb im Eingang der Hütte stehen, schenkte den Kindern ein Lächeln und sagte etwas, das Mike nicht verstand.

Matti grüßte auf brasilianischem Portugiesisch zurück. Der Indianer nickte freundlich, aber Mike wusste nicht so genau, ob er die Begrüßung wirklich verstanden hatte.

»Wo ist Elly?«, fragte Mike.

Der Indianer verstand ihn nicht.

Matti fragte auf Portugiesisch nach dem Mädchen.

Wieder blieb offen, ob der Indianer die Sprache wirklich verstand, aber immerhin zeigte er nun hinaus. Und winkte die drei zu sich.

Matti und Mike rappelten sich auf, während Gabriel langsam erwachte.

Vor der Hütte sah Mike, dass sie sich in einem Indianerdorf befanden. Etwa zehn solcher Hütten standen hier weiträumig verteilt, immer zwei nebeneinander. Der Platz war so geschickt gewählt oder Teile der Bäume so geschickt geschnitten, dass Sonnenstrahlen genau auf die Mitte des Platzes fielen, wo einige Frauen mit Kleinkindern saßen und irgendwelches Essen zubereiteten.

Der Indianer ging voran, an den Frauen vorbei, Matti und Mike folgten ihm unsicher. Sofort bildete sich draußen eine Traube von Indianern, die die beiden weißen Kinder neugierig, aber auch mit einer gehörigen Portion Skepsis beobachten. Sie tuschelten untereinander. Die Frauen, die das Essen bereiteten, betrachteten sie nur indirekt aus den Augenwinkeln während ihrer Arbeit. Die älteren Kinder aber bildeten, so nackt, wie sie waren, fast einen Spalier, zeigten ungeniert mit den Fingern auf die Fremden und kicherten. Die Frauen trugen keine Höschen oder Shorts wie einige der Männer, sondern rote Stoffbänder oder gefärbte Pflanzenfasern, die aussahen wie Tangas am Strand.

Der Indianer zeigte in die Hütte, vor der er haltgemacht hatte.

Darin lag Elly in einem aus Blättern gefertigten Bett. Mike wollte sofort zu ihr laufen, doch der Indianer hielt ihn zurück.

Elly schien zu schlafen. Links und rechts von ihr hockten zwei Frauen, die ihr mit nassen Tüchern die Stirn abwischten. Vor Elly hockte ein sehr alter Mann, der mit den Armen herumfuchelte und irgendeinen monotonen Gesang von sich gab. Neben ihm waren etliche kleine Schälchen aufgereiht, aus denen es dampfte und qualmte.

»Das ist ihr Schamane!«, erklärte Matti leise.

»Ein was?«, fragte Mike nach.

»So etwas wie ihr Dorfarzt, ein Medizinmann. Bei ihm ist Elly vermutlich in den besten Händen, die man hier draußen finden kann. Wenn er Elly nicht helfen kann, dann kann es niemand hier, wir auch nicht.«

»Okay!«, sagte Mike mit einem Kloß im Hals. »Und was machen wir nun?«

»Wir?«, fragte Matti zurück. »Nichts. Die Indianer sind uns freundlich gesinnt, sonst würden sie Elly nicht helfen. Also bleiben wir hier, bis Elly gesund ist.«

»Und dann?«

»Wenn wir Glück haben, haben die Indianer Kontakt zu Weißen. Wenn das der Fall ist, werden sie ihnen Bescheid geben. Und wir sind gerettet!«

Mike staunte Matti an. Er hatte in den vergangenen Tagen viel über ihre mögliche Rettung nachgedacht, aber so hatte er sie sich wahrlich nicht vorgestellt. Aber möglicherweise hatte ausgerechnet Ellys Krankheit zu ihrer Rettung geführt. Ohne sie hätten die Indianer sich vielleicht nie bemerkbar gemacht, glaubte Matti.

Der Indianer lächelte die beiden weißen Jungs zuversichtlich an. Das sollte wohl so viel heißen wie: Das Mädchen wird wieder gesund.

Mike atmete tief durch – und freute sich darauf, bald endlich wieder zu Hause zu sein.

Schaffen Mike und seine Freunde es zurück nach Hause?
Das spannende Abenteuer geht weiter in Band 2, blättere schnell um …

Andreas Schlüter

SURVIVAL

DER SCHATTEN DES JAGUARS

Band 2

LESEPROBE

(ISBN 978-3-7373-4074-8)

Jetzt im Buchhandel erhältlich!

Aus der Gruppe der Indianer trat ein Junge hervor, den Mike in etwa auf sein eigenes Alter schätzte, und ging auf die Jungs zu. Er lächelte freundlich und machte eine Geste, die Mike eindeutig als die Frage deutete, ob er Hunger habe. Denn der Junge führte immer wieder seine Hand zum Mund und tat so, als würde er etwas kauen.

Mike nickte eifrig. Sein Magen hing ihm in den Kniekehlen, nichts konnte er jetzt besser gebrauchen als eine kräftige Mahlzeit.

Der Junge ging zurück zu den anderen, drehte sich dann wieder zu Mike und seinen Freunden und winkte sie zu sich.

»Ich glaube, wir bekommen etwas zu essen«, sagte Mike leise, aber voller Hoffnung.

»Oh, das wär gut!«, seufzte Gabriel. »Ich hab tierischen Hunger!«

»Glaube ich nicht«, widersprach Matti.

»Wieso nicht?«, wollte Mike wissen.

»Weiß nicht«, gab Matti zu. »Aber ich glaube, für die Mahlzeiten sind die Frauen zuständig.«

In der Tat standen ihnen nur Männer gegenüber, wie Mike erst jetzt auffiel. Erneut winkte der Junge ihnen zu.

»Aber er hat doch eindeutig das Zeichen für Essen gemacht«, behauptete Mike.

»Wir werden sehen!« Matti ging auf den winkenden Jungen zu. Gabriel und Mike folgten unsicher.

Der Junge lächelte immer noch. Und Mike glaubte fast schon, sein Lächeln wäre doch eher ein schelmisches Grinsen und der Junge führte etwas im Schilde. Doch dann lösten sich drei weitere Jugendliche aus der Gruppe und gesellten sich zu ihnen, während die älteren Männer einfach so stehen blieben. Der lachende Junge nickte Mike aufmunternd zu, während ein zweiter ihm ein Blasrohr entgegenhielt.

»Was …?«, setzte Mike zu einer Frage an.

Auch Gabriel und Matti wurden solche Blasrohre angeboten.

»Was soll das?«, brachte Mike nun endlich hervor.

Matti war sich auch noch unsicher. Aber er vermutete: »Wir gehen auf die Jagd.«

»Hä?«, entfuhr es Mike.

»Das hatte er mit seiner Geste gemeint«, erklärte Matti. »Er hat uns nicht zum Essen eingeladen, sondern dazu, Essen zu besorgen! Das ist hier vermutlich Männersache.«

»Ach du Scheiße!«, rutschte Mike heraus. Und er war im selben Moment froh, dass ihre Gastgeber ihn nicht verstanden.

Der lachende Junge sah ihn allerdings jetzt neugierig an und wiederholte: »Aduhschejse?«

Gabriel kicherte. »Wir sollten ihm andere Worte beibringen!«

Er tippte sich mit dem Zeigefinger auf die Brust und sagte: »Gabriel!«

Die indigenen Jungs rissen die Augen auf.

Gabriel wiederholte seine Vorstellung, zeigte dann auf Mike und Matti und nannte deren Namen.

»MEICK!« war am leichtesten nachzusprechen.

Mike nickte zustimmend und wiederholte: »Ich: Mike!«

Der Junge nickte, lächelte, tippte Mike an und sagte: »Ichmeik!«

Mike wollte gerade korrigieren, merkte dann aber, dass es zu kompliziert werden würde. Der Junge tippte sich an und nannte einen Namen, den Mike weder verstand noch nachsprechen konnte. Er traute sich aber auch nicht, nachzufragen. Irgendwie hätte er es peinlich gefunden.

Glücklicherweise wiederholte der Junge von selbst seinen Namen: »Davivanuri«.

Jetzt hatte Mike es verstanden, wusste aber nicht, ob der Junge nun Davivanuri hieß oder Davi Vanuri, also Davi mit Vornamen. Er versuchte es einfach und fragte: »Davi?«

Der Junge lachte wieder und nickte.

Mike war erleichtert. »Davi! Meik!«

Davi schüttelte den Kopf und wiederholte: »Davivanuri.«

Jetzt lachte auch Mike. Er hatte schon verstanden, dass der Junge nicht Davimeik hieß. Oder hatte er einen Witz gemacht? Egal, dachte Mike. Lachen schadet nie.

Er erinnerte sich, was ihm einmal sein Vater gesagt hatte: »Lachen ist zutiefst menschlich. Nur Menschen – und einige wenige Arten von Menschenaffen – lachen.«

Nun zeigte Davi wieder auf die Blasrohre, die ihnen die anderen indigenen Jungs noch immer geduldig entgegenhielten. Mike nahm eines zögerlich entgegen. Noch nie hatte er ein echtes Blasrohr in der Hand gehalten. Er erinnerte sich kurz an eine Situation zu Hause in der Schulklasse. Sie hatten in der Musikstunde Blockflöte spielen sollen. Stattdessen hatten Mike und seine Freunde die Mundstücke abmontiert, die Löcher zugehalten und die Flöten als Pusterohre für Papierkügelchen benutzt, um diese den Mädchen vor ihnen heimlich in die Kragen zu schießen. Aber das war natürlich etwas anderes gewesen. Diese Blasrohre waren richtige Waffen. Das hatte er am eigenen Leibe gespürt. Denn mit Pfeilen aus Blasrohren waren sie wohl betäubt und anschließend von den Einheimischen hierher ins Dorf verschleppt worden. Nun reichte Davi Mike noch drei kleine, dünne Pfeile für das Blasrohr. Er meinte es ernst! Mike scheute sich, die Pfeile anzufassen, denn er wusste, dass die Pfeilspitzen mit einem Gift präpariert waren.

Nur mit äußerster Vorsicht nahm er sie entgegen und hatte keine Ahnung, wie er sie nun aufbewahren sollte. Hilflos schaute er zu Gabriel und Matti, die auch nicht so recht wussten, wohin sie mit den Pfeilen sollten. Die indigenen Jungs hatten dafür kleine Köcher, die sie an Gürteln aus geflochtenen Pflanzenfasern um den Bauch trugen. Außer diesem Gürtel um die Hüfte trugen die Jungs nichts. Keine Hose und – was Mike unter diesen Bedingungen viel schlimmer fand – nicht mal Schuhe oder etwas Ähnliches. Mike dachte an den mühevollen Weg durch den Dschungel, den sie bis hierher zurückgelegt hatten. Nicht einen Schritt hätte er geschafft, wenn er keine Schuhe getragen hätte. Barfuß über den mit Wurzeln und Pflanzen übersäten Boden, auf dem es vor Leben nur so wimmelte. Jeden Meter konnte man auf Schlangen, Spinnen, Tausende Insekten oder Kriechtiere treten, jedes Einzelne von ihnen möglicherweise hochgiftig. Und diese Burschen liefen hier barfuß durch den Urwald, als spazierten sie am feinen Strand eines Touristenhotels!

Davi sagte etwas, das Mike als »Kommt mit!« deutete. Er wollte vorangehen, doch schon nach einem Schritt blieb Davi stehen, riss seine Augen weit auf, stierte in den Himmel und spitzte die Ohren. Auch die anderen Jungs waren von einer Sekunde auf die nächste hochgradig alarmiert. Sofort hielten sie ihre Blasrohre in Angriffsstellung schräg hoch in die Luft, noch ehe Mike auch nur ahnte, was geschehen war. Er, Gabriel und Matti schauten sich erstaunt um, suchten den Himmel ab, konnten jedoch nichts entdecken.

Bis Gabriel plötzlich ein Geräusch vernahm.

»Ein …!« rief er, brach aber ab, weil er wohl selbst nicht glauben konnte, was er da gehört hatte. Er lauschte noch mal, dann war er sich sicher: »Ein Flugzeug!«

Jetzt hörten Mike und Matti es auch.

Mike traute seinem Gehör im ersten Moment ebenso wenig. Das konnte doch nicht sein! Ein Flugzeug! Hier, im dichtesten Dickicht des Dschungels?

Das Geräusch wurde lauter und war immer klarer zu hören. Das war ein Flugzeug, kein Zweifel! Ihre Rettung! Das, worauf sie so lange gehofft hatten!

Unwillkürlich warf Mike sein Blasrohr beiseite, begann, mit den Armen zu wedeln, auf- und abzuspringen und laut zu rufen – obwohl noch nichts von dem Flugzeug zu sehen war. Aber das Motorengeräusch wurde immer lauter.

Auch Matti und Gabriel wollten sich nun bemerkbar machen und rissen ihre Arme hoch. Da war der Propeller des Flugzeugs schon zu sehen.

»Hier!« Mike brüllte, so laut er konnte.

Doch im selben Moment spürte er einen harten Stoß. Ehe er begriff, was geschah, lag er schon bäuchlings auf dem Boden, das Gesicht halb in den Sand gedrückt. Davi lachte nicht mehr, sondern fixierte ihn, so dass Mike sich nicht mehr rühren konnte. Halb aus den Augenwinkeln sah Mike, dass es Gabriel und Matti nicht besser erging. Auf Matti hatten sich sogar zwei Jungs geworfen. Weitere eilten herbei, die sie an den Beinen packten und in null Komma nichts von der Lichtung hinein ins Dickicht zogen, während die Männer, die bisher nur stumm dagestanden hatten, in Sekundenbruchteilen aktiv wurden. Sie hielten ihre Blasrohre abschussbereit in die Höhe, bereit, den Kampf gegen das fremde Ungetüm aufzunehmen.

»Halt! Nein! Nicht!«, wollte Mike rufen. Doch sobald er auch nur den Mund öffnete, um einen Laut von sich zu geben, presste ihm Davi, der immer noch auf seinem Rücken saß, wieder das Gesicht zu Boden.

Sind die Indianer Freund oder Feind? Die ganze Geschichte findest du im zweiten Band der Survival-Serie – jetzt im Buchhandel erhältlich!

Weitere Bände in Vorbereitung!

ISBN 978-3-7373-4074-8

Venezuela
Guyana
Boa Vista
Rorainopolis
Amazona
Barcelos
Manaus
Itacoatiara
Fonte
Boa
Tefe
Manacapuru
Coari
Manicore
Labrea